ROYAL SHARK - ADRIAN

VERSIONE ITALIANA

KYLIE GILMORE

Traduzione di
MIRELLA BANFI

1
———

Il patto

Tredici anni fa...

Adrian

«Scommetto che sei troppo fifona per fare una gara fino allo scoglio grande!» Lo scoglio grande è molto più lontano di dove arriviamo a nuoto di solito. Mi tolgo in fretta la t-shirt, gettandola sulla sabbia. Ce l'ho fatta. Sara Travers non riesce a resistere a una scommessa.

È lì, nel suo costume azzurro, e si pianta le mani sui fianchi facendo sollevare l'orlo della canottiera. «Ti piacerebbe, Adrian!»

Io fisso il suo stomaco piatto e abbronzato e ho questa *sensazione*. È da tutta l'estate che la provo ogni volta che la canottiera si solleva. È strano perché sono lo stesso stomaco e la stessa curva in fondo alla schiena che vedevo l'estate scorsa e tutte le estati prima. Deve significare che sono pronto per avere una ragazza, come i miei fratelli maggiori. Ho dodici anni, praticamente un adolescente ed essendo il minore, ho sempre dovuto darmi da fare per stare al passo con i miei quattro fratelli maggiori. Oscar mi ha detto che è facile conquistare una ragazza. Appena sentono che sei un principe, praticamente si buttano ai tuoi piedi.

Lei marcia verso di me, con i lunghi capelli biondi raccolti in cima alla testa in una coda di cavallo e gli occhi verdi che lampeggiano. «Scommetto che vincerò la gara, babbeo!»

Già, probabilmente la conosco da troppo tempo perché la faccenda del principe funzioni. Io, Sara e la mia gemella, Silvia, passiamo le estati insieme da quando avevamo otto anni. Il padre di Sara è francese e veniva a Villroy da bambino. È il motivo per cui affittano un cottage qui. Sua madre è americana, quindi loro vivono a New York.

Sogghigno. «Ecco la scommessa. Se vinco, mi darai i tuoi biscotti per il resto della settimana.» Sua madre prepara i biscotti con le gocce di cioccolato e ce li manda con il pranzo al sacco nei giorni che passiamo alla spiaggia. Non ce li preparano mai a palazzo. Sara, di solito, ne condivide solo qualche pezzettino.

Lei arriccia il naso, e noto la leggera spruzzata di lentiggini che lo attraversa. Ci sono sette lentiggini, il mio numero fortunato. «Quando *io* vincerò, voglio sedermi sul sedile davanti per il resto della settimana.»

Di solito sono io che mi siedo davanti in auto perché sono il più alto, sono già un metro e settantacinque. Silvia, Sara e la sorellina di Sara, Chloe, stanno sul sedile posteriore. Il nostro autista/guardia del corpo passa a prenderle e le riaccompagna a casa loro. C'è una seconda auto con un'altra guardia e la cameriera di Silvia, Marie, che *non* è la nostra babysitter. Marie tiene d'occhio Chloe, che è un terrore di cinque anni.

«Hi-yah!» urla Chloe con tutto il fiato che ha in corpo e poi distrugge a calci il castello di sabbia che Silvia l'ha aiutata a costruire nell'ultima ora.

«Chloe!» esclama Silvia, sollevandola e spostandola.

«Sono Godzilla!» strilla Chloe, scalciando selvaggiamente. Il fermacapelli deve aver perso la presa perché tutto ciò che vedo è un folle agitarsi di capelli biondi.

Sara scuote la testa. «Te l'avevo detto che l'avrebbe distrutto.»

Silvia rimette Chloe a terra e lei torna immediatamente a

finire di distruggere il castello con calci violenti e mosse di karate. Silvia sospira. «E l'avevo anche fatto speciale, con un fossato e tutto.»

«Vuoi fare una gara con me e Adrian?» le chiede Sara. «Il vincitore potrà sedersi davanti.»

«Io vado a leggere» dice Silvia e va a sedersi sotto una *cabana* di tela bianca. I suoi capelli castano scuro le scendono diritti sulle spalle invece di essere raccolti nello chignon ordinato su cui insiste nostra madre. Ultimamente, Silvia ha cominciato a fare delle "scelte di moda personali" quando è lontana dal palazzo. Io non lo dirò mai a nessuno. Siamo ancora più legati di due migliori amici, essendo gemelli.

Siamo sulla spiaggia della costa nord, che è una meraviglia per via di tutti i pesci. Chiunque può venire qua dato che è pubblica, ma normalmente la gente preferisce le spiagge del lato sud, più vicine al porto, dove arriva il traghetto pubblico.

«Andiamo» dico a Sara, dirigendomi verso l'acqua.

«Non pensi che Silvia legga troppo?» sussurra Sara non appena ci siamo allontanati un po'. «Io leggo solo nei giorni di pioggia o nei giorni di scuola, quando mi obbligano.»

Io faccio spallucce. La mia gemella è sempre stata una grande lettrice. Io preferisco di gran lunga la matematica; i numeri hanno sempre un senso.

Entriamo nell'acqua fino alle ginocchia, con le onde che ci schizzano. Sara si volta verso di me, con una scintilla negli occhi. Pensa di poter vincere. «Contiamo fino a tre.»

Annuisco una volta.

Lei stringe gli occhi, fissando il traguardo, il grande masso nero. «Uno.»

«Due.» *Splash*! È partita sul due!

Mi tuffo dietro di lei, nuotando furiosamente per raggiungerla. Avrei dovuto sapere che avrebbe imbrogliato. Vuole vincere tanto quanto me.

La raggiungo facilmente. Ho le gambe e le braccia più lunghe, le spalle più larghe e più forti ora che ho avuto uno scatto di crescita. Rallento, tenendo il passo con lei in modo che creda di avere una possibilità. La sorpasserò all'ultimo minuto. Le ragazze detestano quando vinci troppo facilmente. Me l'ha insegnato la mia gemella.

Nuoto tenendola d'occhio. Aspettando... aspettando... ora! La sorpasso e vinco! Aspetto che Sara alzi la testa e si renda conto di aver perso prima di dare un pugno in aria. «Ho vinto, piccola imbrogliona!»

Lei galleggia accanto a me. «Hai le braccia più lunghe. Non sarebbe stata una gara alla pari se non fossi partita in vantaggio.»

«Mhm, non vedo l'ora di mangiare tutti quei biscotti. Non preoccuparti, te ne lascerò qualche briciola.»

«Ti ho fregato. Io posso sempre mangiarli a casa.»

Non ci avevo pensato. Non è la grande vittoria che speravo. «A chi importa? Ho comunque vinto.»

Galleggiamo in silenzio sulla schiena per un po'. Non assomiglia alla sua sorellina, che chiacchiera in continuazione. Grazie al cielo.

Dopo un po', si rimette diritta nell'acqua. La imito. Sto per chiederle se vuole fare il doppio o niente, rifacendo la gara per arrivare a riva, quando dice: «Credo che i miei genitori stiano per divorziare.»

È uno shock. Ogni volta che i suoi genitori ci raggiungono sulla spiaggia sembrano sempre felici, scherzano e si tengono per mano. «Perché lo credi?»

«Stanno litigando un sacco.»

«Riguardo a cosa?»

Sara stringe le labbra. «Mio padre vuole lasciare il lavoro e fondare una sua impresa. Mia madre dice che non è un buon momento.»

«Non è poi così male. Sono sicura che risolveranno tutto. Si tengono ancora per mano, giusto?»

«Non proprio.»

«Oh.» Non so che cosa dire. Spero si stia sbagliando. «Sono sicuro che andrà tutto bene.»

«Non puoi saperlo.»

Cambio tattica. «*Scommetto* che andrà tutto bene. Entro l'estate prossima tutto sarà tornato normale. Ti darò le mie carte con il drago se perdo la scommessa, cosa che non succederà.» È il mio miglior mazzo di carte da gioco, con l'illustrazione particolareggiata di un drago sul dorso, e so che sono le sue preferite.

Sara cerca di sorridere ma non ci riesce. «Vuoi fare un'altra gara? Il doppio o niente.»

Sorrido. «Ti darò perfino tre secondi di vantaggio.»

I suoi occhi verdi si illuminano. «Via!»

La guardo nuotare, contando mooolto lentamente.

«Ah!» Sara si raddrizza di colpo e poi affonda sott'acqua come un masso.

Nuoto verso di lei che sta riemergendo. «La caviglia! Mi fa malissimo.» Comincia ad affondare di nuovo.

Le afferro il braccio, tenendola a galla. «Mettiti sul dorso. Che cos'è successo?»

«Penso di essermi tagliata su uno scoglio.» Solleva la caviglia dall'acqua e il sangue gocciola da un taglio profondo. Sembra veramente brutto. «Oh mio Dio. Adesso mi dissanguerò, circondata dagli squali che mi mangeranno la gamba e poi annegherò!»

Io sto già pensando a come portarla fino a riva prima che perda troppo sangue. «Gli squali non ti mangeranno. Non ci sono squali qui.»

«Sì invece! Gli squali possono andare dappertutto.»

«Nuota a dorso e cerca di non scalciare troppo con quella gamba. Nuoterò con te.»

«Ho paura» dice con una vocina flebile.

«Ti trascinerò io.» Le metto un braccio intorno alla vita, pronto a tirarla fino a riva.

«No. Ce la posso fare. Solo, continua a parlarmi, okay. Distraimi.»

E così faccio. Nuoto a stile libero con la testa fuori dall'acqua, dicendole quanto ho voglia di andare a scuola fuori dall'isola, il prossimo anno, per avere insegnanti di matematica migliori, di come voglia andare a Cambridge, che è l'università migliore per la matematica e come imparerò tutto sulla statistica, in modo da sapere sempre quali sono le probabilità e battere tutti a poker. Mio padre ha insegnato a giocare a me e ai miei fratelli quando ciascuno di noi compiva sette anni perché riteneva che fosse un buon metodo per imparare i numeri e capire la gente allo stesso tempo. Io penso che volesse semplicemente avere un gioco col quale potessimo divertirci tutti. Era una cosa tra padre e figli maschi, ma io avevo insegnato anche alla mia gemella e a Sara, che quindi giocavano con me.

«Mi dovrai insegnare tutti i tuoi migliori trucchi al poker» dice debolmente.

Sono preso dal panico. Sara non sembra mai debole. Temo abbia perso troppo sangue. «Ci siamo quasi.»

Finalmente raggiungiamo un punto in cui tocco. La prendo in braccio e la porto sulla spiaggia.

«Aiuto!» grido.

La mia guardia del corpo, Thomas, mi corre incontro e prende in braccio Sara. Lei mi fissa da sopra la sua spalla, pregandomi con gli occhi di restare con lei. Le guardo la caviglia, che sta ancora gocciolando sangue e corro a prendere la mia t-shirt sulla sabbia. La scuoto, la rovescio e poi la lego intorno alla sua caviglia per fermare il sangue. Lei fa un verso soffocato al contatto. Il sangue comincia a inzuppare la maglietta.

«Oh!» esclama la nostra cameriera, Marie, quando tutti si raccolgono intorno a Sara. «Ci vorranno dei punti.»

«Punti!» esclama Sara. «N-o-o-o! Per favore, niente punti.»

Thomas corre via con lei in braccio, diretto all'auto.

«Vado a prendere sua madre» dice Marie. «Venite, tutti, andiamo a prendere la madre di Sara e poi li raggiungeremo all'ambulatorio.»

«Adrian!» grida Sara.

Corro da lei. «Va tutto bene. Non sarà così male.»

Ha gli occhi talmente spalancati che riesco a vedere il bianco tutto intorno. «Non voglio aghi nella mia caviglia. È già squarciata!»

«Devi» le dico. «Andrà tutto bene.»

«Non lasciarmi» sussurra.

«Non lo farò.»

Salgo sul sedile posteriore con lei per il percorso verso l'ambulatorio. Thomas e Marie parlano in fretta tra di loro per decidere se Marie dovrebbe salire con noi per fare pressione sulla caviglia di Sara ma Sara dice che lo farà lei. Non vuole che le tocchino la ferita. Un momento dopo siamo diretti all'ambulatorio, solo io e Sara sul sedile posteriore, con Thomas alla guida. Gli altri ci seguono con la seconda auto. Sara sembra veramente pallida.

Faccio del mio meglio per risollevarle il morale. «A Oscar hanno dato dei punti nel braccio ed è stato fico. Sembrava Frankenstein.»

«Non voglio sembrare Frankenstein!» piagnucola lei.

«Non Frankenstein. Solo fico. E non gli ha fatto nemmeno male. Gli hanno anestetizzato il braccio prima.»

«Davvero?»

«Sì.»

«Come? Con una crema anestetica speciale?»

Non so che cosa dire. Oscar mi ha detto che era un ago enorme. Alla fine mi decido: «Non possono mettere una crema su una ferita aperta. È solo una veloce iniezione di un farmaco.»

Lei mi afferra la mano e me la stringe forte.

Io guardo fisso davanti a me. Non ho mai tenuto la mano a una ragazza prima d'ora. Fa un po' male.

«Continua a parlare» mi dice.

«Di che cosa?»

«Non mi interessa. Mi piace solo il suono della tua voce.»

È più profonda adesso. Abbasso ancora un po' il tono. «Ricordi quando Chloe aveva due anni e continuava a strapparsi il pannolino e a saltare nelle onde?»

Sara ride un po'. «Sì. I miei genitori erano così stanchi di cercare di tenerla al sicuro e pulita.»

«E poi si è scottata il sederino» dico ridendo. «Avrebbe dovuto imparare la lezione, ma non smetteva.» Do un'occhiata e vedo che Sara sembra più rilassata, quindi continuo con le storie su Chloe. Ce ne sono un mucchio, e, ripensandoci, sono piuttosto buffe. Allora, noi tre ragazzi più grandi pensavamo solo che Chloe fosse un tormento, che ci distraeva dai nostri programmi per la giornata.

Poco dopo arriviamo all'ambulatorio e Thomas la porta

dentro di corsa. Sua madre la sta già aspettando. Non mi permettono di entrare nella sala visite con lei, quindi seguo Thomas all'auto, sperando che vada tutto bene.

È il giorno prima che Sara lasci Villroy. Abbiamo passato le ultime tre settimane giocando a poker, o nella *cabana* sulla spiaggia, oppure, nei giorni di maltempo, a palazzo in salotto, che è la mia stanza preferita perché è quella più accogliente, con un divano di pelle. Sara sarebbe potuta tornare a nuotare dopo aver tolto i punti, ma non voleva tornare in acqua. Penso che adesso abbia paura. Tutto ciò che vuole fare è giocare a poker. Scommettiamo i soldi del Monopoli, ma le poste sembrano vere. Siamo entrambi competitivi e a entrambi piace vincere. A volte Silvia o uno dei miei fratelli giocano con noi, ma la maggior parte delle volte siamo solo Sara e io. Giochiamo con le mie carte col drago e ho intenzione di regalargliele perché le porti a casa con sé. Le ha sempre ammirate e non c'è niente di simile dove abita lei. Sto aspettando il momento perfetto.

Silvia infila la testa nella *cabana*. «Chloe vuole di nuovo andare in bicicletta. Venite?»

«Siamo a metà di una partita» dice Sara, studiando le sue carte.

«Tu dovresti essere la *mia* miglior amica» dice Silvia, risentita.

Alzo gli occhi e Silvia mi guarda storto. «Sil, Sara è amica di tutti e due. Che problema c'è? Non ha voglia di andare in bicicletta.»

«Sara» dice Silvia a denti stretti, «Posso parlarti di fuori?»

Sara si alza, tenendo le carte strette contro il corpo perché non possa vederle e raggiunge Silvia fuori dalla *cabana*. Riesco ancora a sentirle. La *cabana* ha le pareti di stoffa, non muri.

«Pensavo che fossi la mia migliore amica» dice Silvia.

«*Sono* la tua miglior amica» dice Sara. «Solo che non ho voglia di andare in bicicletta. La mia caviglia sta ancora guarendo.»

«La tua caviglia sta benissimo» sbotta Silvia. «Sei già andata in bicicletta. Perché non ammetti semplicemente che ti piace Adrian?»

Interessante. Lo sospettavo. Da quando l'ho aiutata con la ferita alla caviglia, mi guarda come se fossi il suo eroe. In un certo senso l'ho salvata, aiutandola a mantenere la calma e a uscire dall'acqua. Forse è pronta per avere un ragazzo. Io sono decisamente pronto per una ragazza. L'unico problema è che non la vedrò per un anno intero.

«Non è vero» protesta vivacemente Sara.

«Sì, invece. Non hai mai sentito dire "le amiche prima dei ragazzi"?»

«No.»

«Significa che non lasci perdere le amiche perché hai un ragazzo.»

«Lui non mi *piace*!»

«Allora, perché passi tutto il tempo con lui?»

«Ti invitiamo sempre a giocare con noi.»

Silvia sbuffa. «Non mi piace il poker, è noioso.»

«Non è vero. Si può vincere moltissimo. È così divertente!»

«Vincere i soldi del Monopoli? Sai che roba.»

Silenzio. Un lunghissimo silenzio. Proprio quando penso che si siano allontanate, mia sorella riprende a parlare.

«Bene» dice. «Goditi il tuo stupido gioco con il tuo ragazzo.»

«Bene!» risponde Sara. «E non è il mio ragazzo!»

Rientra nella *cabana*, con le guance arrossate e si siede. «Non capisco che problema abbia.»

«È una cosa da gemelli. Vuole che le ragazze passino più tempo con lei che con il suo gemello, ma a volte il gemello è una specie di eroe.» Sorrido e lei ride.

Torniamo a giocare. C'è silenzio quando tutti partono per un giro in bicicletta.

Giochiamo parecchie mani finché Sara vince il piatto. È talmente contenta che smette di contare tutti i soldi finti prima di stringerli al petto, con un enorme sorriso sul volto.

Mi ritrovo a sorriderle, anche se ho perso. Mi piace veramente vederla così felice.

Ci fissiamo per un lungo momento prima che io riporti l'attenzione sulle carte. Sono piuttosto sicuro di *piacerle*. Raccolgo le carte in un mazzo ordinato e mi schiarisco la voce. «Ecco.» Gliele offro. «Un regalo per il tuo ultimo giorno qui.»

Lei mette da parte i soldi finti e fissa le carte prima di alzare gli occhi su di me. «È un gesto veramente carino, ma non posso prendere le tue carte. Sono speciali. Hai detto che te le hanno regalate a Natale.»

«È la ragione per cui voglio che le abbia tu. Sai che sono speciali e so che ne avrai cura.» Gliele premo in mano e lei chiude le dita.

«Grazie.» Fa un respiro profondo. «Tu *sei* il mio eroe, Adrian. Quando mi sono tagliata la caviglia, sarei potuta essere divorata dagli squali, annegare per il panico, o dissanguarmi sulla spiaggia, ma tu mi hai *salvato*. Mi hai aiutato quando ho perso la testa, quindi grazie un fantastiliardo di volte.»

Gonfio il petto per l'orgoglio. Mi piace essere un eroe. Essendo il più giovane nella famiglia, non ho mai avuto la possibilità di esserlo. «Prego.»

Lei mi guarda da sotto le ciglia e il mio cuore batte più forte. «Voglio sposarti quando sarò cresciuta.»

Sgrano gli occhi. Sposati? Pensavo che forse sarebbe stata la mia ragazza per un giorno prima di partire. *Sposati?*

Sara si china in avanti. «Se ci sposassimo, potremmo giocare a poker tutta la sera, tutte le sere.»

Affare fatto. Poker tutto il tempo? Ci sto. Lei è l'avversario ideale, le piace il gioco quanto piace a me.

«Affare fatto» dico.

«Bene! Facciamo un patto.»

«Un patto.» Sembra più serio di una promessa. «Come facciamo? Un patto di sangue?»

Sara rabbrividisce. «No.» Appoggia le carte con il drago sulla zona di sabbia lisciata su cui stiamo giocando e le allarga a ventaglio. «Quando avremo venticinque anni ci sposeremo. Prima avremo tutto il tempo per andare al college e trovare un buon lavoro.»

Mancano tredici anni, il doppio delle nostre vite finora. «Sembra molto lontano. Sei sicura che non mi dimenticherai?» Sto scherzando. Ci conosciamo da troppo tempo per dimenticarci.

Sara annuisce, prendendomi sul serio. «Ecco perché prenderemo entrambi una coppia di carte, i due e i cinque, per ricordarci dell'età giusta, cuori e quadri, ovviamente. Poi, quando ci riuniremo, insieme avremo una coppia di due e di cinque, due cuori e due quadri, (chiamati anche diamanti) proprio come in un matrimonio.»

«I maschi non portano i diamanti. Ti prenderò un anello con due diamanti.»

«Okay» dice lei dolcemente.

Sara prende un due di cuori e uno di quadri per lei e mi dà un cinque di cuori e uno di quadri. «Tu prendi le carte più alte perché sei più grande.» Il mio compleanno è cinque mesi prima del suo. Alza le carte. «Adesso abbiamo entrambi una coppia ma insieme formano la combinazione magica di venticinque.»

È così intelligente. E i suoi occhi verdi scintillano. E ha una spruzzata di lentiggini sul naso che rispecchia esattamente il mio numero fortunato.

«E due e cinque insieme fanno sette» le dico. «È il mio numero fortunato. Forse anche tu porti fortuna perché hai sette lentiggini sul naso.»

Lei si copre il naso con la mano. «Odio le mie lentiggini.»

«Io no.» Le tolgo la mano dalla faccia. È così carina che mi ritrovo a chinarmi verso di lei e poi so quello che voglio veramente. «Scommetto che sei troppo fifona per baciarmi.»

Sara apre la bocca, sorpresa, ma si riprende in fretta. «Io scommetto che tu sei troppo fifone per baciare *me*.»

«Non è vero.»

Sara si lecca le labbra.

«Allora provalo.»

«Devi venire più vicino.»

Sara sposta le carte e si inginocchia sulla nostra zona di gioco. Mi inginocchio anch'io e la coppia di carte mi scivola dalla mano per l'eccitazione. Ho il cuore che batte forte.

«Non sono mai stata baciata prima d'ora» mormora Sara.

Nemmeno io, ma sono il suo eroe e devo continuare a esserlo. «Non preoccuparti. So quel che faccio.» Ho spiato il mio fratello maggiore, Gabriel. Il trucco è tenere la faccia della ragazza, per non mancare le labbra. «Chiudi gli occhi.» Quella è l'altra parte importante.

È così vicina che riesco a sentire il suo fiato caldo sulle mie labbra quando risponde: «Perché?»

«È così che funziona.»

Lei mi guarda negli occhi e il sangue scorre veloce nelle mie vene. «Io voglio vederti.»

Le tengo il volto con entrambe le mani, sorpreso di quanto sia morbida la sua pelle. I nostri occhi sono vicinissimi. Non riesco a sbattere le palpebre, il verde dei suoi mi ipnotizza. E poi, finalmente, mi avvicino, premo le labbra sulle sue, colpito dalla scossa che provo a quel contatto.

Lascio cadere le mani e mi tiro indietro. Voglio sapere se le è piaciuto quanto a me, ma non posso chiederlo. Invece, studio la sua espressione, che sembra intensamente pensierosa. Ha le guance rosa carico. Non so se sia imbarazzata o felice, come me.

E poi lei sorride, e riesco a respirare di nuovo.

Raccoglie le carte col drago, meno il mio paio di cinque, e le infila nel suo zaino. Poi si alza, si mette lo zaino sulla spalla con un'espressione seria. «Ho decisamente intenzione di sposarti, Adrian Rourke.»

E se ne va.

Aspettate. Dov'è andata? Esco dalla *cabana*. Il suo zaino è sulla sabbia e lei sta sguazzando nell'acqua bassa. Mi tolgo la maglietta e la raggiungo, lieto che non abbia più paura dell'acqua.

Lei mi schizza, ridendo e io la imito. Si tuffa sotto un'onda e la raggiungo, nuotando verso le acque più tranquille.

È la mia ragazza, la mia prima ragazza, il mio primo bacio. Ricorderò sempre questo giorno e onorerò il nostro patto, perché è quello che fanno gli eroi.

2

———————

Ai giorni nostri

Adrian

Aprire e gestire un casinò di successo richiede tre cose: cervello, soldi e rapporti con i clienti. Sto facendo tutti e tre i lavori. Mi piacerebbe essere solo il cervello, trattare con i numeri e lasciare il resto a qualcun altro. È quello il mio punto di forza. Ho due partner, che rappresentano anche i soldi: mia sorella Emma e suo marito, la rockstar Jackson Walker. Ho investito personalmente un terzo dei costi di avviamento; loro hanno contribuito con gli altri due terzi. Sono entrambi musicisti che vivono qui vicino, in Francia, e si esibiscono qui regolarmente, ma non sono interessati alla gestione quotidiana di un casinò, e lasciano a me tutte le decisioni. Sembrerebbe una cosa ideale, lo so, ma a un mese dall'apertura del Villroy Palace Casinò, sto già desiderando di avere qualcuno che mi tolga una parte del peso dalle spalle. Non sono contro il duro lavoro. Sono contro il lavoro ventiquattro ore su ventiquattro, specialmente quando si tratta dei rapporti con i clienti e la gestione del personale. Essendo il più giovane sono abituato alla folla. Solo non sono abituato a una folla che abbia sempre bisogno qualcosa da me.

Metto piede nell'atrio del casinò alle dieci e mezzo del mattino, mezz'ora prima dell'apertura e sorrido. Mi piace com'è venuto il casinò. È stata mia l'idea di aprirne uno a complemento della nostra day-spa che ha aperto un anno fa. Sono un giocatore professionista. Monte Carlo era la mia seconda casa per il poker con le poste alte e ora Villroy ha la sua versione di Monte Carlo, un posto piccolo ma lussuoso, progettato per attirare i giocatori più ricchi, le cosiddette "balene".

L'atrio è stato progettato per ricordare la Island Bliss Spa, proprio qui di fronte, con la stessa parete decorativa che simula una cascata, pavimenti di piastrelle bianche e pareti bianche. L'aria è profumata di lavanda, come nella spa. L'idea era di continuare a far sentire rilassati i clienti della spa una volta messo piede qui. Dove c'è il bancone della reception all'ingresso della spa, qui abbiamo una fantasiosa scultura di vetro di un drago sopra un tappeto rotondo rosso scuro con un disegno di rami che fa riferimento a Yggdrasil, l'albero del mondo nell'antica lingua norvegese, un richiamo alle radici vichinghe dei Rourke. Ho sempre amato i draghi, parte della mitologia vichinga. Ci sono anche scudi, spade e arazzi vichinghi, con antichi simboli di battaglia, come decorazione per le pareti. Discendiamo da una tribù vichinga ribelle conosciuta come I Selvaggi. I vichinghi amavano il rischio, quindi mi piace quella sottile spinta ai nostri clienti a correre un rischio giocando. Che gusto c'è a giocare senza l'eccitazione che fa battere forte il cuore ed è legata al rischio? Non ho mai giocato per i soldi. È sempre stato per la scarica di adrenalina.

Le aree gioco sono visibili appena dopo le due arcate a entrambi i lati della scultura del drago. Il casinò in se stesso è arredato nello stile elegante del diciannovesimo secolo, simile al palazzo Amalie, dove vive la famiglia reale, me incluso. Entro nella sala gioco principale attraverso l'arcata. Ha il soffitto dipinto come se fosse il cielo, con una discreta retro-illuminazione. Le pareti sono rivestite di tappezzeria di seta verde acqua e i tavoli da gioco sono di mogano, circondati da poltroncine di velluto rosso. La parete posteriore, tutta di finestre, offre un panorama spettacoloso del mare. Qui non teniamo al buio i giocatori. C'è una sala per le slot-machine in un angolo sulla sinistra, la stanza dove si maneggia il denaro in centro e il mio ufficio sulla destra. Al piano superiore ci sono le salette private per le balene, una piccola struttura per gli spettacoli, che può diventare uno spazio privato di gioco, e un raffinato ristorante di pesce con un bar. Quando il tempo lo permette, la terrazza sul tetto viene usata per gli spettacoli e come sala gioco esclusiva, con le poste più alte.

Controllo l'attività mentre mi faccio strada verso il mio ufficio. I croupier stanno preparando i tavoli. Alcuni addetti alle pulizie stanno facendo un ultimo controllo della sala. Gli agenti di sicurezza sono riuniti in un gruppetto accanto alle finestre. Finora tutto bene.

«Buongiorno, Denis» dico all'uomo di mezz'età che sta preparando il tavolo del blackjack più vicino al mio ufficio.

Lui scatta sull'attenti e china la testa. «Buongiorno, Altezza.»

Questo è un altro problema. La maggior parte del personale usa il mio titolo (principe Adrian Rourke al vostro servizio), e questo rende più difficile arrivare al cuore dei problemi. Non vogliono infastidirmi con i problemi banali. Per esempio, il malfunzionamento di una slot machine che continuava a ingoiare i gettoni ma aveva smesso di girare. Un croupier aveva lasciato il suo posto per andare a chiamare un tecnico invece di avvisare me. Non si può lasciare un tavolo da gioco pieno di *fiche* nel bel mezzo di una partita!

«Adrian è sufficiente» dico con quello che spero sia un sorriso disarmante. «Come va il tavolo da blackjack?»

«Nessun problema, signore.»

«Bene. La sposteremo a un tavolo da poker la settimana prossima, per mantenere il lavoro interessante.»

«Come desidera, signore.»

Continuo verso il mio ufficio. Sono l'amministratore delegato, il direttore finanziario, l'addetto alle relazioni pubbliche e il responsabile di sala. Il mio personale consiste in croupier, mazzieri, cambiavalute, tecnici, addetti alle pulizie, camerieri, baristi, lo chef e i suoi assistenti e gli addetti alla sicurezza. Un mucchio di addetti alla sicurezza. Ciò che mi servirebbe a questo punto sarebbe un direttore di sala per la supervisione del personale, che contatterebbero più facilmente quando ci sono problemi. Un braccio destro, uomo o donna che sia, una persona sveglia, che conosca il gioco d'azzardo quanto me, e affidabile. Non sono uno snob, che non vuole abbassarsi a quel livello, il fatto è che avere un principe come capo è un problema. È vero che sono stato allevato in una famiglia reale, ma siamo persone piuttosto terra a terra, se volete la mia opinione. Inoltre ho sempre avuto la mia gemella, Silvia, a impedirmi di gonfiarmi troppo la testa. Non c'è niente come una sorella per riportarti con i piedi per terra.

Il mio assistente, Jean-Luc, che lavora nel piccolo ufficio collegato al mio, mette dentro la sua testa bionda. Ha vent'anni, nativo di Villroy, discendente da una lunga sfilza di pescatori. È entusiasta di avere un lavoro d'ufficio. A suo padre non è dispiaciuto, dato che anche lui aveva smesso di fare il pescatore per lavorare nella linea di manifattura dei cosmetici che abbiamo adesso a Villroy, che sfrutta diversamente i prodotti del mare ed è molto più redditizia. Jean-Luc è organizzato e curato, dai capelli perfettamente acconciati con un taglio corto e appuntiti con il gel sul davanti, alla camicia rosa a maniche corte, perfettamente stirata e pantaloni beige. «Buongiorno, Adrian.»

Gli ho detto il primo giorno che lo avrei licenziato se non mi avesse chiamato per nome invece di Altezza. Gliel'avevo detto con un sorriso, in modo che non si preoccupasse. Mi serve che la gente che lavora con me sia rilassata per quanto possibile. «Buongiorno, Jean-Luc. Quali sono le ultime notizie?»

Lui mi recita l'elenco. «Deve controllare gli stipendi e firmarli, c'è un problema con un nuovo dipendente che a quanto pare ha contraffatto il visto di lavoro, il barista del fine settimana se n'è andato, e la sicurezza crede di aver scoperto una coppia che barava ieri sera, al tavolo del poker.»

Stringo i denti. «Perché non sono venuti da me direttamente ieri sera riguardo ai bari?»

Lui si allarga il colletto e deglutisce, con il pomo d'Adamo che va su e giù.

«Temevano di essere troppo frettolosi con le accuse, specialmente con dei nuovi ospiti, quindi hanno ritenuto di farle rivedere i video questa mattina e ottenere la sua opinione.»

Alzo le mani in segno di resa. «Che importanza ha adesso? Probabilmente avranno già lasciato l'isola.» La nostra clientela è composta da gente che viene e va in giornata. Qui non c'è un albergo.

Jean-Luc fa un passo indietro e poi un altro, avvicinandosi lentamente alla porta. Ovviamente devo controllare il tono di voce. Posso essere un metro e ottantacinque di muscoli, mantenuti allenandomi rigorosamente con le guardie di palazzo, ma non ho intenzione di strozzare il mio assistente.

Faccio un respiro profondo. Non avevo intenzione di sembrare un capo ringhioso. Normalmente sono una persona tranquilla, rilassata. Mi hanno perfino definito un gentleman per le mie maniere eccellenti e la mia considerazione nei confronti delle donne. La mia gemella mi ha insegnato moltissimo su come trattare e nutrire le donne. Ah! Mai impegolarsi con una donna arrabbiata o affamata. In ogni caso, non ho pazienza quando si tratta di incompetenza. Fate il vostro lavoro e andremo d'accordo. La sicurezza avrebbe dovuto avvisarmi immediatamente dei sospetti bari.

Indico a Jean-Luc di avvicinarsi di nuovo e cerco di mantenere calma la voce. «Ho bisogno del nome delle guardie che l'avevano notato.» Gli incompetenti.

Jean-Luc si schiarisce la voce e borbotta qualcosa di incomprensibile.

«Parla a voce alta.»

«Laurence e Albert.» La sua voce si spezza.

«Grazie.» Giuro che non sono un capo da incubo. Sono un uomo perfettamente ragionevole con un carattere tranquillo. Nessuno riesce a leggere la mia faccia da poker. Probabilmente sto cedendo sotto la pressione di dover gestire questo posto da solo. Sarà la mia prossima mossa: assumere un direttore di sala per trattare con il personale.

Jean-Luc si agita, a disagio. «Dovrei lasciarla andare a lavorare.»

Sono bravo a capire le persone, è uno dei punti chiave per vincere a poker, l'altro è la mia memoria quasi fotografica, e Jean-Luc ha qualcosa in mente che esita a dirmi. Altri bari? Non ho voglia di tirare a indovinare.

Tengo la voce a un tono ragionevole. «Jean-Luc, hai qualcos'altro da dirmi?»

Lui fissa la mia scrivania. «Niente di importante.»

Stringo i denti, cercando di essere paziente. «Hai qualcosa di *non* importante da dirmi?»

«Mi piacerebbe il posto da barista.»

«Mi stai già lasciando?»

Si torce le mani. «Continuerei a lavorare per il casinò. Solo al piano di sopra, al bar.»

«Perché?»

«Mhm, perché è divertente. E ci sono le mance.»

Immagino che non sia *divertente* lavorare per me. È la prima volta in cui devo gestire altre persone e sto incasinando tutto. Sono tentato di dire: *un suggerimento, non abbandonare il capo supremo dopo un mese di lavoro.* Lo capisco però. Ho venticinque anni, non sono molto più vecchio di lui. La scena del bar è molto più attraente che non tremare intimorito davanti al tuo scorbutico capo.

«Hai mai fatto il barista?» gli chiedo.

«Sì, l'estate scorsa, in Francia.»

«Trovami un nuovo assistente e il lavoro è tuo.»

Jean-Luc batte le mani, saltellando. «Ho la persona perfetta. Mia zia. È un'ex insegnante di scuola materna, in pensione. Molto calma e paziente.»

È quello di cui pensa io abbia bisogno? Di qualcuno che non si agiti? Un altro insulto alle mie nuovissime capacità manageriali. Devo fare meglio.

«Falla venire» dico. «Voglio comunque avere un colloquio prima. E poi dovrai addestrarla da lunedì a venerdì e lavorare al bar nel fine settimana.»

«Grazie, signore!»

Non rispondo nemmeno, irritato per il cambio di personale. È passato solo un mese e già due persone hanno lasciato il posto, il barista e il mio assistente. Questo dovrebbe essere un posto divertente, gratificante, dove lavorare. Forse dovrei organizzare qualcosa per rialzare il morale, come un torneo di poker. Solo che è quello che farei *io* per divertirmi. Che cosa farebbe il mio staff? Non ne ho idea. Ho assunto quasi tutta gente del posto, e mi sto rendendo conto che non li conosco.

Mi siedo alla scrivania con una pila di documenti che mi aspetta, accendo il laptop, tolgo il telefono dalla tasca dei pantaloni e lo metto sulla scrivania. Il maledetto telefono vibrava talmente con tutte le chiamate e le notifiche mentre venivo qua che l'ho spento. Da dove cominciare? Mando un'e-mail a mio fratello Lucas, che è l'amministratore delegato di tutte le imprese di Villroy e gli chiedo di trovarmi un direttore di sala. È lui quello che ha i contatti giusti per trovare il personale.

E adesso? Quale dei miei compiti porterà più soldi? Il marketing, che avrebbe dovuto essere il ruolo di mio fratello Oscar, prima che si innamorasse follemente della principessa di un altro regno, Polly. Adesso sono sposati e governano come re e regina. Buon per lui, giusto? Solo che è lui il motivo per cui sto gestendo tutto quest'affare da solo e ho dovuto trovare degli investitori men che utili. Lui aveva ritirato la sua parte di soldi, che erano la maggioranza, donandola al regno di Polly dopo le distruzioni causate da un uragano. Sono felice per lui, davvero. Niente risentimento. Solo non capisco come possa aver rinunciato a tanto per stare con lei, il suo lavoro qui al casinò, la sua casa, l'ultima proprietà che gli era rimasta dai suoi giorni di giocatore di calcio.

Se si guarda al quadro generale, le relazioni sono una scommessa persa. Lui è stato fortunato. Io gioco solo quando le probabilità sono a mio favore. Nessuna donna ha attirato a lungo il mio interesse e ho sempre pensato che fosse più gentile dire addio prima che lei si affezionasse troppo.

Okay, marketing. Posso farla diventare una cosa numerica. La redditività dell'investimento è la priorità assoluta. Abbiamo aperto in agosto quando c'era il pienone di clienti della spa e siamo andati alla grande grazie alla ricaduta di clienti. Adesso siamo a metà settembre e i clienti della spa stanno diminuendo, e quindi anche i nostri. Devo trovare un modo per attirare la gente per il casinò. La spa vende cosmetici online per contrastare questi tempi morti. Noi dipendiamo dalle visite di persona.

È passato un anno da quando sono state lanciate la spa e la linea di cosmetici e la nostra economia sta lentamente migliorando, ma non ci siamo ancora. Sento forte la pressione di rendere questo casinò un successo per assicurare a Villroy un futuro stabile e solido. È la prima volta in cui ho l'opportunità di contribuire in modo significativo al mio paese e non posso deludere il mio regno.

Guardo il laptop, controllando la lista di clienti che aspettiamo alla spa per i prossimi sei mesi. Ci sarà decisamente un periodo di calma. Mi butto, considerando tutti i possibili modi per farci pubblicità e la possibile redditività degli investimenti.

Quando finisco sono sorpreso di vedere che è mezzogiorno. Merda. Non ho ancora riacceso il telefono. Lo prendo, accendo e trovo diversi vocali e messaggio, sia di lavoro sia personali. *Priorità.* Quale messaggio vocale è più importante? Li controllo in fretta e mi fermo quando vedo che la mia gemella mi ha lasciato un messaggio. Silvia ha la priorità. Abbiamo un legame molto stretto, anche se lei ora vive negli Stati Uniti con suo marito, Cade. Controllo l'ora. Sono le 6 del mattino a New York. È lì che lavora lei adesso, come editor presso una casa editrice di libri per bambini. Ha chiamato solo pochi minuti fa. Ascolto il vocale.

«Ehi, è la tua sorella preferita che chiama. Richiamami quando hai un minuto. Ho contattato Sara Travers ieri sera e ci siamo trovate. Mi ha detto qualcosa che mi ha fatto preoccupare. Riguarda il poker, quindi ho pensato che potresti essere d'aiuto. Ciao!»

Sara Travers. Sento un brivido percorrermi la schiena. Che strano. Nessuno dei due ha più sentito Sara dalla morte dei suoi genitori, quando aveva tredici anni. Non aveva voluto restare in contatto quando eravamo adolescenti e non ha mai risposto alle nostre chiamate, email o messaggi. Silvia diceva che era perché noi due le ricordavamo Villroy, il posto dove Sara aveva passato tutte quelle estati felici con i suoi genitori, che non sarebbero mai tornate. Era stato un rifiuto per associazione. L'ultima volta che avevo visto Sara era stato al funerale dei suoi genitori.

Avevo pensato a lei, però, sperando che stesse bene. La verità? Avevo cercato di contattarla da adulto, rintracciandola tramite i social media, ma lei non aveva mai accettato la mia amicizia. Alla fine mi ero rassegnato al fatto che non volesse mantenere quel legame. Comunque una parte di me non l'aveva mai lasciata andare.

Il suo compleanno è il dieci di agosto, il giorno prima che aprisse il casinò e compiva venticinque anni. Questo significa che abbiamo entrambi venticinque anni, l'età in cui avevamo giurato di sposarci. Avevamo fatto un patto. Una di quelle cose sciocche che fanno i bambini. Avevamo anche giurato di giocare a poker ogni sera da sposati, per tutta la sera, incapaci di immaginare che una coppia sposata potesse fare qualcosa di più eccitante. Ah! Potevamo anche avere solo dodici anni, ma allora era sembrato intenso. Era stata il mio primo bacio ed era stato *perfetto*.

Provo una fitta di gelosia. Sara si è messa in contatto con Silvia e non con me? Sara mi adorava. Diceva che ero il suo eroe.

Premo il tasto per richiamarla. «Ehi, Sil, come va?»

«Alla grande! Come vanno gli affari al casinò?» Silvia è mattiniera quanto io sono un animale notturno, e rendeva le mattine piuttosto tese quando lei chiacchierava felice e io reagivo con dei grugniti.

«Il casinò sta andando. Cos'è questa storia di Sara? Come hai fatto a entrare in contatto? Ti ha contattato lei o viceversa?» faccio una smorfia, sperando di non sembrare geloso perché Sara non si è messa in contatto anche con me.

«Ho scavato un po' e l'ho trovata a Brooklyn. Ho ricordato tutti i bei momenti passati insieme da ragazzi, e poi se n'era andata, così. Pensavo che avrebbe avuto voglia di vedermi, visto che praticamente adesso sono una newyorchese come lei.»

Evito di fare commenti. Silvia vive a New York solo da qualche mese e non ha chiaramente ancora assunto l'accento del posto. Mi è stato detto che parliamo un inglese corretto, con un leggero accento francese. Villroy è appena a sud-ovest della Francia e molti isolani sono bilingue, dato che Villroy era stata occupata dagli inglesi e poi dai francesi prima che la famiglia legittima, i Rourke, tornasse al potere un paio di secoli fa.

Mi metto comodo. «Allora l'hai chiamata e siete uscite insieme. Che cosa ti ha detto che ti ha messo in agitazione?»

«In effetti, mi sono semplicemente presentata a casa sua. Non sapevo se avrebbe cercato di evitarmi. Fortunatamente era a casa e immagino che adesso si senta meglio perché è stata felice di vedermi.»

Dovrei vederla anch'io. «Che cosa ti ha fatto preoccupare?»

«Mi ha detto che sta guadagnando bene, gestendo un giro di partite di poker a Brooklyn. Dice che è legale. Fa solo tanti soldi con le mance. Poi ho cominciato a pensare che se sta facendo tanti soldi con le mance, allora le poste devono essere veramente alte. E chi viene attirato da partite di poker del genere? La gente veramente ricca, la gente potente. Pensi che siano tipi di Wall Street oppure...»

«Crimine organizzato.»

«Esattamente. Continuo a immaginare queste partite con le poste alte, e c'è Sara che le gestisce da sola, che maneggia i soldi da sola. Sono paranoica?»

Ci penso. Se quello che fa fosse pericoloso, Sara lo ammetterebbe? Non ne sono sicuro. Quando eravamo ragazzi le piacevano le scommesse, le sfide, il poker. Quindi sarebbe una cosa naturale per lei. L'unico modo di scoprirlo sarebbe vedere le partite di persona e incontrare i giocatori. Non ho nessuna intenzione di mandare Silvia a investigare la situazione. Prima di tutto perché potrebbe essere pericoloso e secondo perché lei non è granché a poker.

Carte in tavola? Non posso perdere quest'occasione per mettermi di nuovo in contatto con Sara. Se ha accettato di vedere Silvia, accetterà di vedere anche me. Le ricordiamo entrambi Villroy. Forse ha superato il dolore legato al ricordo dei suoi genitori.

«Dammi il suo indirizzo» dico.

«Vieni a New York? Yay! Un bonus per me!»

Sto sorridendo. Ho visto Silvia solo un mese fa, all'apertura del casinò. «Come se non l'avessi progettato fin dall'inizio.»

Si mette a ridere. «Sì quello era il mio malvagio piano. Approfittare del tuo debole per lei.»

«Non avevo un debole. Mi piaceva, come piaceva a te.»

La voce di Silvia è dolce. «Qualche volta penso che sia stato più difficile per te che per me quando ci ha tagliato fuori.»

Non rispondo. È stata dura e ovviamente non l'ho mai dimenticata, ma quella è una cosa a cui avrebbe pensato Silvia, con tutti i suoi ideali sentimentali e romantici. Per quanto ne so, Sara e io potremmo non essere nemmeno compatibili da adulti, a parte avere lo stesso amore per il poker. Non mi aspetto niente. Ho solo bisogno di sapere che sta bene. E provo curiosità per una persona che ha giocato un grosso ruolo nella mia fanciullezza. Niente di romantico, davvero.

«Okay, basta discorsi melensi da parte tua» dice Silvia scherzosa. «Allora, hai intenzione di dare un'occhiata alle sue partite?»

«Ne vale la pena. Non posso allontanarmi per molto tempo, però. Partirò lunedì, dato che è il giorno di chiusura.» Il jet privato rende facili i viaggi.

«Il boss.»

«Non è tutto rose e fiori. Il mio assistente ha paura di me e il personale non riesce a passare sopra il mio titolo per parlare schiettamente con me.»

«È la tua voce. Esce come un ringhio burbero quando sei irritato. Personalmente trovo affascinanti gli uomini burberi e ringhiosi.» Parla allontanando il telefono. «Sì, intendevo te, amore, e anche il mio gemello e i miei cugini.» Rumore di baci. Cade sembra un montanaro: alto due metri, capelli biondo scuro lasciati sciolti sulle spalle, barba folta. Lavora come analista finanziario per una società che si occupa di commercio al dettaglio e servizi per gli sport all'aperto. È burbero e ama la natura. L'esatto opposto della mia sorellina, topo di biblioteca.

Torna da me. «Cade mi aveva sentito. Comunque, alcuni trovano quel tipo di voce un po' intimidatoria. Aggiungici il fatto di essere un principe per la gente del posto che ti ha conosciuto solo da lontano e il risultato è un mucchio di gente a disagio.»

«Non c'è niente che possa fare per il fatto di essere un principe, né per la mia voce quando sono irritato.»

«Cerca di metterci un po' di dolcezza, come faccio io.»

«Io sono dolce come il miele» ringhio e lei ride.

«Chiedi a Emma di prendere il tuo posto mentre sei via» dice Silvia. È la nostra sorella maggiore e ha investito nel casinò. «È un'azionista e dovrebbe interessarsene di più.»

«Glielo chiederò.» Faccio una pausa. «Com'è?» Intendo Sara.

«È la stessa, ma diversa. C'è una durezza in lei che non c'era un tempo, ma quando sorride, è come ai vecchi tempi. E Chloe non è più una bambina scatenata. Sara dice che è una studentessa molto seria. Ha appena cominciato alla Columbia e intende laurearsi in tre anni per poi studiare medicina alla Harvard Medical School. Vuole diventare una ricercatrice medica e trovare una cura per il cancro.»

«Wow, grande.» Ma mi preoccupa sentire del totale cambio di personalità di Chloe. Non è mai stata una bambina seria. Ovviamente l'ultima volta che l'ho vista aveva solo cinque anni. Non avrei mai pensato che sarebbe diventata una studentessa seria e un futuro medico. Sembra che ci siano parecchie cose che non so di Sara e di sua sorella.

«Lo so. È un po' strano, considerando il terremoto che era. Ho intenzione di andare a trovare anche lei. Okay, devo andare. Mandami un messaggio quando arrivi in città. Ti voglio bene!»

«Ti voglio bene anch'io.» Chiudo e resto seduto per un momento, riandando con la mente al ricordo di Sara da ragazza, scherzosa, giocherellona, ridente. L'estate in cui

l'avevo soccorsa e l'avevo baciata e avevamo fatto un giura-
mento solenne.

Se Sara ha bisogno di un eroe, allora, buone notizie, sto
arrivando. E se non ne ha bisogno, ho una buona scusa... abbiamo venticinque anni e avevamo un patto.

3

Sara

Suono il campanello di una casa di arenaria e mi dico di restare calma e fiduciosa. Questa è la parte più difficile del mio lavoro. La mattina dopo una partita di poker, devo incassare i debiti dai perdenti prima di poter distribuire i soldi ai vincitori. Sergei ha perso alla grande ieri sera. È un esercizio di equilibrismo con gli uomini ricchi e potenti. Non vogliono perdere la faccia, non vogliono essere visti come perdenti. Devo mantenere l'atmosfera spensierata e piacevole.

Un momento dopo la sua governante, la signora Davies, una donna sulla sessantina con un corto caschetto di capelli grigi, mi fa entrare. «Salve, Sara. È nel suo ufficio.»

«Buongiorno signora Davies e grazie.»

Ci sono già stata con le sue vincite, ma mai per una perdita così rilevante. Mi guardo attorno. Di che mi preoccupo? Se la può permettere. Sergei vive da solo in questo prestigioso quartiere storico in una casa di seicento metri quadrati. È un palazzo, in realtà. Questi posti valgono milioni. Basta guardare lo scalone di legno intagliato, originario della casa, vecchia più di cent'anni. Quello da solo probabilmente vale più del mio appartamento. I miei tacchi risuonano sul parquet a lisca di pesce mentre oltrepasso la porta a vetri che porta a un elegante salotto.

Indosso una blusa a maniche corte, a righe bianche e nere con una gonna diritta nera e decolleté nere. Ho scelto un look professionale. Si tratta di affari. Mi volto per aprire la porta del suo ufficio. Librerie dal pavimento al soffitto piene di libri rilegati in pelle lungo tutte le pareti, a entrambi i lati del camino e sopra. La stanza è ben illuminata da due grandi finestre dall'altro lato.

Sergei mi volta le spalle mentre fissa una fotografia sulla mensola del camino. È un uomo alto e magro, sulla trentina, con capelli castano scuro tagliati a spazzola che accentuano gli zigomi alti.

Spensierata e piacevole. «Buongiorno Sergei. Fuori sembra una bellissima giornata.»

Lui si gira e mi sorride, con gli occhi castano scuro che brillano di intelligenza. «È sempre un piacere vederti, Sara, anche se preferirei che fosse in circostanze migliori.» Ha un leggero accento russo che sta cercando di perdere con l'aiuto di un insegnante di dizione. Lo so perché mi ha chiesto se riuscivo a sentire un accento la prima volta in cui ci siamo visti. Uhm, certo.

Cammino verso di lui, che mi dà una bell'occhiata, esaminando il mio abbigliamento e soffermandosi sui miei polpacci. Ho le gambe nude. Immagino che gli piacciano le gambe.

Gli sorrido. «Sono sicura che vincerai di nuovo alla prossima partita. Sei il giocatore migliore.» Uno dei migliori.

«Parliamo» dice, indicando un paio di poltrone di legno con i cuscini azzurri di fronte al camino. Non va bene. Non voglio parlare. Voglio i soldi che mi deve.

Mi siedo e incrocio le gambe «Di che cosa vorresti parlare?»

Lui volta la poltrona in modo da guardarmi in faccia. «Non abbiamo passato molto tempo insieme, solo noi due.»

Mi appiccico un sorriso sul volto. È interessato a me. No, grazie. «Vero, ma ora sono qui. So che non è carino, ma devo passare in un mucchio di altri posti, quindi se potessi solo darmi ciò per cui sono venuta, lo apprezzerei veramente.»

La sua voce diventa sensuale. «Sei una bella donna. Te l'ho mai detto?»

«Grazie» rispondo in tono tranquillo. «Lo apprezzo. Devo andare; gli altri mi stanno aspettando. Potrei accettare un assegno, se ti è più comodo.»

I suoi occhi scuri sono dolci, la voce bassa. «Verresti a cena con me stasera?»

Io abbasso gli occhi guardando di lato, fingendo di essere lusingata. «Sergei, è un invito veramente gentile.» Lo guardo negli occhi, aspetto un attimo come se stessi prendendolo in considerazione e poi dico in tono dispiaciuto: «Devo rinunciare. Non esco con i giocatori. Renderebbe gli altri sospettosi, se pensassero che favorisco un giocatore rispetto agli altri. Mi piace mantenere professionale il gioco per tutti quelli coinvolti.»

È vero, ma non è solo perché è uno dei giocatori e per me si tratta di affari. Non sono tipo da relazioni, stop. Mia sorella è l'unico vero legame che avrò finché vivrò. Preferisco restare da sola piuttosto di sopportare il dolore di perdere di nuovo qualcuno. Non ho bisogno di un terapista che mi dica perché. È quello che è. E comunque è perlopiù sempre una scommessa persa.

Lui appoggia i gomiti sulle ginocchia e abbassa la faccia al mio livello, abbastanza vicino da essere sgradevole. «Non c'è bisogno che lo sappia nessuno. Io non ne parlerei. Tu potresti mantenere il nostro piccolo segreto, no?»

Spingo indietro la poltrona e mi alzo. «Temo di no. Preferirei mantenere la nostra amicizia così com'è.»

Sergei si alza lentamente e si avvicina, con i movimenti di un predatore. Ho il cuore che batte troppo forte. Penso alle alternative che ho: una ginocchiata nelle palle, voltarmi e scappare, urlare. Aspettate. Ho lo spray al peperoncino in borsa.

È così vicino che sento il suo alito in faccia. Mi infila una ciocca di capelli dietro l'orecchio. «Una cosina così graziosa.»

Deglutisco, e apro lentamente la cerniera della borsa. «Ho sentito che Vic Sobol ha chiesto delle nostre partite. È quel…»

Sergei si blocca. «So chi è. Gestisce quell'hedge fund. Pensi di riuscire a farlo partecipare?»

«Ho un appuntamento con lui più tardi. Posso sicuramente farlo passare da curioso a voglioso di giocare.» È un bluff, solo un bluff. È da un po' che tasto il terreno ma Vic non ha mai risposto. Me ne preoccuperò più tardi.

Sergei stringe gli occhi. «Tu ci manipoli tutti, vero?»

Infilo la mano nella borsa, cercando freneticamente lo spray al peperoncino. «Il mio lavoro è gestire un giro di partite di poker corrette con i migliori giocatori. Come te.» Ce l'ho, il dito è sul pulsante. Considero se sia il caso di estrarre lo spray. Se lo faccio troppo presto, avrò perso questo giocatore per sempre. È stato uno dei miei primi giocatori, quando c'erano solo cinque uomini e ha portato con sé alcuni grandi giocatori. Adesso ho dieci uomini con un mucchio di soldi da scommettere. Potrebbero prendere le sue parti, lasciandomi senza un gruppo decente. «Capisci che questo è il mio lavoro, vero? Gestire il gioco; tenere tutti alla pari. Sto pagando il college alla mia sorellina. È tutto ciò che ha. Siamo orfane.» Ignoro la fitta di dolore quando penso ai miei genitori e resto concentrata sul compito che ho davanti.

Lui si gira e va alla scrivania dall'altra parte della stanza e quasi crollo per il sollievo, lasciando andare la bomboletta dello spray. Lo guardo aprire un cassetto e toglierne un libretto degli assegni.

«Ho perso mia madre quand'ero giovane» dice mentre compila l'assegno. Me lo porge. «Tua sorella è fortunata ad avere te.»

Prendo l'assegno, do un'occhiata all'importo per controllare che non mi stia imbrogliando e lo metto in borsa. «Grazie. Ci vedremo martedì con il nuovo pollo.» Pollo significa un cattivo giocatore, un bel divertimento per giocatori esperti come lui. Sto insinuando che il tizio dell'hedge fund sarà un pessimo giocatore, anche se entrambi sappiamo che non è così. Mantenere le cose spensierate e piacevoli.

Victor scuote la testa. «Sarebbe l'ideale. Ma non è probabile che Vic sia un pollo.»

Arretro verso la porta. «Per me la nostra amicizia è importante, Sergei. E comunque io sono una scommessa persa. Niente relazioni per me.»

Lui sogghigna. «E chi ha parlato di una relazione?»

Gli punto addosso un dito. «E non lo faccio con i miei giocatori. Buona giornata!»

E poi me ne vado, camminando a passo svelto, dopo una visita per riscuotere che definisco un successo. Solo altre quattro. Poi arriverà la parte divertente, portare i soldi ai vincitori. Piacciono a tutti quelle visite. Sono come Robin Hood, solo che io prendo ai ricchi e rendo i ricchi ancora più ricchi. Forse assomiglio di più a una fata madrina. Tutto ciò che so è che, accidenti, adoro questo lavoro.

Quando arrivo al mio monolocale in un quartiere non così carino di Brooklyn, ben lontano dai ricconi di Park Slope, sono al settimo cielo. Tutti i miei giocatori sono stati pagati, tutti non vedono l'ora che arrivi martedì e il mondo è un posto meraviglioso. Getto la borsa sul mio futon verde scuro e vado nel cucinino, per togliere la cassetta di sicurezza dal forno. Il mio passatempo preferito, contare i soldi. Non è che sia avida, sto veramente pagando il college per mia sorella e spero, la facoltà di medicina. I nostri genitori sono morti quando avevo tredici anni. Sento un dolore al petto e mi rendo conto che sto trattenendo il fiato. Mi ripeto di respirare normalmente quando il ricordo mi travolge. *Inspira, espira. Ora sono io a controllare gli attacchi di panico, non viceversa.*

Erano usciti insieme, per andare a piedi a un ristorante non lontano dal nostro appartamento a Manhattan. Stavano cercando di rattoppare le cose dopo molte discussioni animate perché mio padre voleva lasciare il suo lavoro per cominciare una sua attività di consulenza. Un autista ubriaco era uscito di strada ed era piombato su di loro sul marciapiede. Voglio pensare che stessero facendo pace e non litigando nei loro ultimi momenti di vita.

Ero cresciuta in una notte. Strappata dalla mia vita idilliaca e messa di fronte alla dura realtà che ero da sola al mondo. Ovviamente avevo Chloe. Aveva solo sei anni, una bambina, e io ero diventata la mamma che le mancava. Ci eravamo trasferite e Brooklyn, per vivere con nostro zio Rob, in un appartamento con due camere da letto in un bel quartiere. Non era stato troppo male. Nostro zio era un brav'uomo, ma inaffidabile. Ero diventata io l'adulta in quella casa, cucinavo, pulivo e mi prendevo cura di Chloe. Lei era passata dall'essere una bambina scatenata a una muta in una sola notte. C'erano voluti tre mesi perché riprendesse a parlare e non era più tornata a essere vivace e spensierata. Era diventata seria e riservata, anche dopo la terapia. Chi poteva biasimarla? Erano stati tempi bui.

Quando avevo sedici anni, lo zio Rob aveva perso il lavoro e si era trasferito con la sua nuova ragazza per fare la bella vita, lasciandoci indietro. Allora ero veramente diventata l'adulta responsabile. Mandava un po' di soldi per l'affitto e io coprivo il resto delle spese lavorando come cameriera. Pensavo sarebbe rinsavito, ma non era più tornato. Chloe e io avevamo fatto due conti e deciso che ci serviva un appartamento meno costoso, questo posto minuscolo, e che l'unica cosa da fare era vivere in modo estremamente frugale finché avessi avuto diciotto anni e avessi potuto ottenere un lavoro meglio pagato. Poi mi ero finalmente diplomata ed ero riuscita a ottenere un lavoro in un ufficio, tre giorni la settimana, continuando a fare la cameriera di sera. Chloe si faceva il mazzo a scuola, avendo deciso che il college era il suo trampolino per una vita migliore. Ma poi aveva scoperto che studiare le piaceva. Ed era brava. Adesso le sue aspirazioni comprendono la sicurezza finanziaria e fare la differenza nel mondo. Sono così fiera di lei.

Quanto a me, avevo giocato a poker per anni nelle partite locali prima che mi venisse in mente che avrei potuto fare molti più soldi gestendo io il gioco. Da quando ho questo giro che funziona, da quest'estate, i miei problemi di soldi sono spariti. Ho abbandonato entrambi i miei lavori e ho pagato la prima rata del college di Chloe in agosto. Per la rata di gennaio, le cose sembrano andare alla grande. Non voglio che finisca il college piena di debiti, specialmente sapendo quanto costerà frequentare medicina. Ieri sera ho fatto cinquantamila dollari di mance. Il piatto continua a crescere con i giocatori che sto attirando, ricchi russi, e mi assicuro che tutti lascino la partita sentendosi dei re. Forse Chloe non dovrà darsi così da fare per finire il college in tre anni. Voglio che si goda il tempo che passa lì, non che cerchi solo di fare in fretta. Anche se lei giura che non sta cercando di ottenere la laurea di primo livello in soli tre anni per ragioni finanziarie. Dice che semplicemente non vede l'ora di cominciare la facoltà di medicina. Conoscendola probabilmente è un po' di entrambe le cose. Ora che ha diciotto anni, comincia ad avere un'idea di quello che ho fatto per lei, cercando di essere la madre che le mancava, e vuole fare qualcosa per me. Stupidina. Non è così che funzionano le cose con le sorelline.

Porto la cassetta di sicurezza sul futon e mi siedo con quella in grembo, compongo la combinazione e la apro. Pile di biglietti di cento dollari mi salutano con la loro presenza rassicurante. Probabilmente dovrei portarli in banca, ma temo di sembrare sospetta se arrivassi con tanti contanti. Potrebbero pensare che abbia derubato un supermercato o roba simile. A questo punto potrei perfino pagare tutte le rate del prossimo anno del college e mi resterebbe qualcosa per l'affitto.

Dovrei passare a un appartamento con una camera da letto. Questo è così piccolo, una stanza con il mio divano futon che diventa un letto da una piazza e mezza, una mini-cucina e un minuscolo bagno. Difficile credere che fin a poco tempo fa dividevo questo spazio lillipuziano con Chloe. Lei non è lontana, in un dormitorio alla Columbia, in città, ma mi manca terribilmente.

Tolgo i mucchietti di banconote, le conto e poi le allargo sul tavolino per farle sembrare ancora di più. Sorrido e le raccolgo, rimettendole attentamente nella cassetta di sicurezza. Oops. Ho accidentalmente voltato le mie carte da gioco con il drago, un paio di due rossi. Le rimetto con cura in fondo, a faccia in giù. Sono l'unica cosa che ho tenuto da prima che la mia vita finisse sottosopra. Mi ricordano un tempo più semplice quando credevo che un dolce ragazzo con gli occhi nocciola fosse il mio eroe.

Sono sicura che Adrian mi abbia dimenticato. Ero solo una che passava lì l'estate. Lui è un principe che si muove in ambienti elitari. Negli anni, aveva cercato di mettersi in contatto, ma non ero pronta a ripensare al tempo passato a Villroy. I miei genitori erano come una coppia in luna di miele nel nostro cottage in affitto laggiù. Era troppo straziante rivisitare quei ricordi, vivendo una realtà che non li includeva. Dovevo essere forte per Chloe. Alla fine Adrian aveva smesso di tentare.

Chiudo la cassetta di sicurezza. Forse dovrei chiedere il suo numero di telefono a Silvia. Adesso le cose vanno meglio. Ho visto Silvia qui a Brooklyn ed è andata bene. Non mi aspetto niente. Solo per amore dei vecchi tempi.

~

Adrian

Fisso fuori dal finestrino della Mercedes a noleggio, cercando i numeri degli edifici mentre passiamo. Sembra che sia appena più avanti. Dico all'autista dove fermarsi e la mia guardia del corpo, Jack, scende con me qualche momento dopo. Ha trent'anni, i capelli biondi a spazzola, è alto e grosso e ha un'espressione dura che dice a tutti di non provarci nemmeno mentre lui è di guardia. Dopo tutto il tempo passato ad allenarmi con le guardie di palazzo potrei difendermi da solo, ma avere una guardia del corpo è obbligatorio per i membri della famiglia reale. Ho scelto Jack perché è quello più tosto quando ci alleniamo. In ogni caso, è meglio avere qualcuno che mi guarda le spalle per quelle rare volte in cui la folla diventa un po' ossessiva.

È lunedì pomeriggio a New York e sono di fronte a un edificio fatiscente di cemento e vetro in un quartiere discutibile a Brooklyn. Non sembra che Sara stia nuotando nell'oro, come dice Silvia. Spero che sia a casa. Se serve, resterò seduto sui gradini davanti a casa finché si farà viva. Fa più caldo di quanto mi aspettassi per essere metà settembre. Slaccio i polsini e arrotolo le maniche della camicia. Poi esito, fissando il tasto del citofono con il suo nome: Travers.

Faccio un respiro profondo. Non sono sicuro di ricevere il benvenuto che ha ricevuto mia sorella. Silvia e Sara erano amiche intime, nel modo in cui riescono a esserlo le ragazze. Io ero stato un'aggiunta alla loro amicizia fino a quell'ultima estate in cui il legame tra Sara e me si era rafforzato. Ero il suo eroe.

Scuoto la testa. Gli sforzi eroici di un dodicenne. Probabilmente ha dimenticato tutto, con il modo in cui le cose erano cambiate drasticamente per lei. Sono qui per assicurarmi che non sia in pericolo per il suo giro di partite di poker. Ecco tutto.

Okay, muoio dalla voglia di vedere com'è da adulta. La sua fotografia sul social media è stata presa da lontano e aveva un berretto da baseball e gli occhiali da sole.

Suono al citofono.

Risponde una voce femminile «Sì?»

Mi schiarisco la voce. «Sara?»

«Chi lo vuole sapere?» La sua voce sembra dura, proprio come aveva detto Silvia.

«Sono Adrian Rourke. Mi ha dato Silvia il tuo indirizzo. Ero in città e ho pensato di passare.»

Silenzio.

Merda.

Sta rifiutando di vedermi? Silvia era arrivata senza preavviso e non aveva avuto problemi.

Un attimo dopo la porta si apre e lei è lì proprio davanti a me: Sara Travers, adulta.

Sento la bocca asciutta. È perfino più bella di quanto ricordassi. I capelli biondi le scendono sulle spalle in una cascata liscia come seta; le ciglia folte incorniciano gli occhi verdi, la pelle d'avorio. Il corpo è femminile, tonico e con tutte le curve al posto giusto, in una t-shirt rosa sbiadita e pantaloncini di jeans bianchi, veramente corti, gambe tornite, piedi nudi. Tutte le mie terminazioni nervose si accendono, in massima allerta, sento il polso che accelera. Desiderio a prima vista. Immagino che l'attrazione che era cominciata a dodici anni non se ne sia andata. Adesso però so esattamente che cosa farci.

Mi sforzo di riportare lo sguardo sul suo volto. Le sette lentiggini sul suo nasino sono ancora lì. Il mio numero fortunato. Le lentiggini sono sbiadite, probabilmente grazie al trucco, ma ci sono ancora. È ancora la mia Sara, quella delle più belle estati della mia vita. Finora non mi ero reso conto di quanto mi fosse mancata.

Riesco a dire con la voce roca: «Sara.»

I suoi occhi verdi sono sgranati, mi sta fissando. «Adrian?»

Sorrido. «Il solo e unico.»

Sara mi studia il viso e dice con la sua voce dolce: «Non riesco a credere che tu sia qui, sei così diverso.»

«Sono cresciuto. Anche tu sei diversa, in senso buono. Come stai?»

Lei si gira, indicandomi di seguirla all'interno. «Entra.»

La seguo di sopra, con la mia guardia del corpo che ci segue e lei apre la porta di un appartamento minuscolo. Mi rivolgo a Jack. «Puoi aspettare fuori.»

«Devo controllare prima, altezza» dice Jack.

«Va bene?» chiedo a Sara.

Lei gli indica di entrare. «Certo. Non c'è molto da vedere.»

Jack entra e meno di un minuto dopo è già fuori. «Tutto a posto, signore.»

«Grazie.»

«Sarò qui fuori, signore» aggiunge Jack.

Seguo Sara in un monolocale. È pulito ma disadorno: un vecchio futon verde, un tavolino di legno malandato, un altro con una lampada. Cucinino minuscolo. Forse la versione di Sara di "tanti soldi" ricavati dalle mance del giro di poker è molto inferiore a quella di Silvia. Non so a cosa si sia dovuta abituare Sara dopo la morte dei suoi genitori. Erano benestanti, credo. Almeno abbastanza da vivere a Manhattan e passare le estati a Villroy, anche se suo padre non restava mai per tutta l'estate. Faceva qualcosa nel campo finanziario. Sua madre era la direttrice di una scuola privata, che Sara frequentava gratuitamente, quindi aveva le estati libere.

Le studio il volto per un momento, cercando di vedere attraverso la patina dura che ha menzionato Silvia. Sembrava un tipo tosto al citofono, ma a me non sembra lo sia, più che altro mi sembra sicura di sé. Come se sapesse esattamente chi è e che cosa vuole. Ha un'espressione molto più seria di

quando era una ragazzina, ma c'era da aspettarselo, specialmente visto che era dovuta crescere di colpo alla morte dei
suoi genitori. Avendo sette anni più della sorellina, sono
sicuro che si sia anche presa cura di Chloe. Mi piace il suo
atteggiamento. Apprezzo la gente competente.

Va al piccolo frigorifero, apre lo sportello e si piega per
guardare dentro. «Posso offrirti qualcosa da mangiare o da
bere?»

Il mio sguardo si sofferma sul suo sedere a forma di cuore
negli short e sento la pelle che formicola, le mani che prudono
dalla voglia di toccare. Distolgo in fretta lo sguardo, scen-
dendo lungo le gambe toniche. Il desiderio mi assale di colpo.
Non guardare. Non guardare. Mi dico che sarò in città solo per
qualche giorno, devo tornare a casa giovedì per essere al
casinò in tempo per il fine settimana, sempre molto impe-
gnato. Non potrei mai trattare Sara come un'avventuretta e
questo significa restare solo amici. Il mio sguardo risale verso
il bel sederino. *Perizoma? Slip? Pizzo o cotone?* Sento i pantaloni un po' stretti. Cazzo.

Sara si volta e io alzo in fretta la testa per guardarla negli
occhi. Mi rivolge un sorriso di scusa. «Forse dovremmo
uscire. Non ho altro che ketchup, senape, avanzi e lattuga
appassita. Non aspettavo compagnia.»

«È un'imposizione il fatto che mi sia presentato qui? Silvia
ha detto di essersi semplicemente presentata, quindi…»

Lei si mette le mani sui fianchi, imitando un atteggiamento che ricordo bene. «I gemelli Rourke a pochi giorni di
distanza l'uno dall'altro. È folle. Non riesco a credere che tu
sia veramente qui. Sei appena arrivato in città?»

Casa sua era stata la mia prima fermata, direttamente
dall'aeroporto. *Scusa sorella!* «Sono arrivato oggi. Andiamo, ti
offro da bere.»

«Certo.»

Ha le guance rosa quando allunga la mano per prendere la
borsa dal futon. Mi fa piacere che la sua pelle riveli sempre
quello che prova: avvicinarsi a me l'ha fatta arrossire. Forse il
desiderio è reciproco.

«Immagino che Silvia ti abbia parlato della sua visita?» mi chiede, mettendosi sulla spalla la cinghia della borsa.

«Me ne ha parlato. Stavo comunque venendo a trovare lei e ho pensato di fermarmi e salutarti.» Sorrido e dico cordialmente «Salve.»

«Salve.» Ha la voce un po' ansimante. Mi fissa le labbra per un momento, poi la mandibola, ho lasciato crescere un velo di barba, poi lo sguardo scende alla spalla e all'avambraccio nudo. Adesso sia le guance sia il collo sono arrossati. L'attrazione è decisamente reciproca. Sono segretamente compiaciuto, anche se non ho intenzione di farci niente.

Non riesco a farne a meno: «Ti piace quello che vedi?»

Le sue guance diventano di fiamma e agita le mani, imbarazzata. «Scusa» dice e si precipita fuori dalla porta.

La seguo e la guardo chiudere a chiave. Continuo in tono leggero. «Non mi dispiace che mi guardi» dico, mentre scendiamo le scale. «Sono virile in modo stupefacente e tu stai cercando di conciliare questa immagine con quella dell'ultima volta in cui ci siamo visti.»

Sara scoppia a ridere e io sento caldo in petto. «Vero. Potrei ricordarti prepubescente.»

«Ero in piena pubertà l'ultima volta in cui ti ho visto.»

Lei si ferma sul marciapiedi fuori casa. «Ti porterò nello stesso posto in cui ho portato Silvia. È un bel ristorante con il bar, dove non guarderanno con sospetto la tua guardia del corpo.»

«In auto o a piedi?»

«Possiamo andare a piedi, è una bella serata.»

«Fai strada.»

Percorriamo la strada a passo veloce. Sara ha la tipica camminata di New York, veloce e decisa, come se non ci fosse tempo da perdere. La mia guardia ci segue.

«Silvia è esattamente la stessa» dice. «Ancora un topo di biblioteca. Sembra anche la stessa, solo più alta.» Mi dà un'occhiata. «Non volevo fissarti. Sto solo cercando di conciliare l'aspetto che hai oggi con quello di un tempo.»

«Immagino che ci vorrà un po' per superare lo shock di

vedermi in tutta la mia gloria virile.» Mi batto il petto con il pugno, da vero Neanderthal.

Sara non ride. Invece si infila una ciocca di capelli dietro l'orecchio, con le guance rosa e guarda fisso davanti a sé. «È un po' uno shock. Allora, che cosa hai combinato di recente?»

«Vuoi che ti racconti tutto dall'ultima volta in cui ci siamo parlati?»

«Certo. Parlami di questi ultimi tredici anni.»

«Mi sono laureato a Cambridge, dove ho studiato matematica, specializzandomi in statistica e calcolo delle probabilità. Poi ho immediatamente fatto buon uso della mia laurea come favoloso giocatore di poker. Lavoro importante, lo so. Adesso gestisco un casinò a Villroy e guardo gli altri perdere a poker.»

Annuisce. «Sembra perfetto per te. Come va il casinò?»

«Beh, è aperto solo da un mese, ma siamo partiti alla grande. Ci aiuta il fatto che abbiamo clienti che provengono dalla day-spa alla porta accanto, e in estate è veramente affollata. Ora devo solo capire come fare a mantenere alto il flusso di visitatori e come diventare un po' più dolce.»

Lei mi guarda senza capire. «Più dolce?»

«Silvia dice che devo addolcire la voce.» Faccio spallucce. «Solo perché il mio assistente cerca di nascondersi e il mio staff ha paura di venire da me quando ci sono problemi.»

Sara aggrotta le sopracciglia. «Pessimo consiglio. Il capo non può essere dolce. È un bene che abbiano paura di te.»

«Non è che siano terrorizzati. Sono solo intimiditi dal mio titolo e dal fatto che non sopporto l'incompetenza.»

«E non dovresti tollerarla. Se non riescono a fare il loro lavoro» alza un pollice e fa un fischio acuto, «… arrivederci! I clienti, beh, quella è un'altra storia. Per loro è tutto allegria e divertimento.»

«È così che gestisci il tuo giro di poker?»

Si irrigidisce. «Te ne ha parlato Silvia?»

«Sì. Pensava che mi sarebbe piaciuto giocare mentre sono in città. Hai posto al tavolo domani? Mi ha detto che giocate il martedì.»

«Niente posto, mi dispiace. Sono già in dieci.»

«E se guardassi e basta? Potrei subentrare se qualcuno vuole fare una pausa o se ne va presto. Succede.»

«Ti farò sapere.»

Sono subito all'erta. È guardinga, non vuole nemmeno che osservi. «Giocate due volte la settimana, vero? Quando sarà la prossima partita?»

«Come sta il resto della tua famiglia? Ho sentito che Gabriel è il re adesso. Merda. Mi dispiace.» Fa una smorfia. «Mi dispiace per tuo padre.»

«Grazie. La famiglia va bene. Gabriel sta facendo un lavoro eccellente, insieme a sua moglie. Stanno portando Villroy nel ventunesimo secolo, pur continuando a rispettare la nostra storia e le nostre tradizioni. La transizione dall'industria commerciale della pesca alla fabbricazione dei cosmetici usando roba di origine marina è stata una mossa geniale. Sai, olio di pesce, alghe e roba simile.»

«Bello. Silvia me ne ha parlato un po'. Sembrava molto fiera di aver fatto la sua parte, quando ha aiutato nelle ricerche per i cosmetici e la spa.»

«È un'impresa di famiglia, sono coinvolti tutti. Sono fiero anch'io di quello che siamo riusciti a fare.»

Camminiamo in silenzio per un po'. È piacevole, come se stessimo camminando di nuovo sulla spiaggia e qualche parte di noi ricordasse l'altro, nonostante tutto il tempo passato. Voglio sapere di più sulle sue partite di poker, la sua vita, fondamentalmente tutto, ma c'è una cosa che voglio sapere più di tutto.

«Ricordi il nostro patto?» le chiedo con un sorriso.

Il suo volto diventa impassibile. «Patto? Avevamo un patto?»

«Non ricordi?» Deve ricordarlo. Era stato un momento molto intenso. Almeno per me. «Abbiamo detto che ci saremmo rincontrati quando avessimo avuto venticinque anni e ci saremmo sposati.»

«Non l'ho mai detto.»

«Sì, invece. Non era stata una *mia* idea. Quell'estate, io stavo solo cercando di farmi dare un bacio.»

Sara ride un po'. «Sembra la stupida fantasia di una ragazzina sciocca.»

«Adesso abbiamo venticinque anni.»

Resta a bocca aperta. «Sei serio? Vuoi sposarmi per via di
un patto fatto da ragazzini? Mi conosci a malapena.»

Non riesco a trattenere una risata. «Dovresti vedere la tua
faccia. Inorridita! Sposata a me. Anche se...» Fletto un
bicipite.

«Smettila» dice ridendo.

Le do una gomitata. «Abbiamo fatto un patto solenne sulle
mie carte col drago. Il piano era di giocare a poker tutte le
sere, da sposati. Quella parte era piuttosto eccitante.»

Sara scuote la testa, sorridendo. «Ricordi moltissimo di
quando eravamo bambini.»

Torno serio. «Non ti ho mai dimenticato, Sara. Speravo
sempre che stessi bene. Volevo veramente restare in contatto.»

I suoi occhi verdi si addolciscono e lei distoglie lo sguardo.
«Mi dispiace non averlo fatto. La mia vita è stata veramente
dura per parecchio tempo, ma adesso va molto meglio.»

«Dov'eravate andate? Chi si è preso cura di voi?»

«Chloe e io ci siamo trasferite a Brooklyn, da mio zio Bob,
il fratello minore di mia madre. Nessun problema. Brava
persona.» Le si spezza la voce e indica davanti a noi. «Ooh.
Questo posto fa la miglior pizza in città.»

Ecco perché non ero mai riuscito a trovare un numero o un
indirizzo. L'appartamento doveva essere sotto il nome da
nubile di sua madre, visto che si trattava del fratello minore.
Io avevo cercato Travers.

Riporto l'attenzione su di lei. «Vuoi la pizza?»

«No. Ti stavo solo facendo da Cicerone, visto che sei
nuovo in città.»

Lascio che continui e mi indica più che altro i posti dove le
piace mangiare e i negozi migliori dove comprare vestiti
vintage. So quando è il caso di lasciar perdere un argomento
scottante. Mi piace riprendere familiarità con lei. Ora tutto ciò
che mi serve è un invito alla sua partita.

Scommetto che l'otterrò prima della fine della serata.

4

Sara

Sono sotto shock. È come avere un'esperienza extra-corporea, seduta al bar con Adrian, e il mio cervello sta lentamente cercando di mettersi alla pari. È come se l'avessi evocato con i miei pensieri. La mia carta fortunata, quella col drago, che si rovescia, io che penso ad Adrian che si mette in contatto e di colpo lui è lì che suona alla mia porta!

Adrian si è trasformato da un ragazzino dolce e carino a un uomo sexy da svenire. Sta veramente incasinandomi la testa. Ha gli stessi folti capelli castano scuro, gli stessi caldi occhi nocciola, ma il resto! Gesù. I miei ormoni sono in subbuglio. Prego perché non lo noti. Mi sembra di arrossire dalla testa ai piedi. Sarà un metro e ottantacinque, spalle ampie, muscoloso e in forma. C'è un velo di barba sulla mandibola squadrata. Deliziosa barba corta. Labbra sensuali, da baciare. E la voce! Così profonda e sexy. Odora di spezie e sesso. Volevo dire, spezie e uomo.

Non ho intenzione di fare sesso con lui. Era un buon amico per me, prima che la mia vita si dividesse drasticamente in un prima e un dopo. Non potrei mai trattarlo come un tizio da una botta e via, e non sono tipo da relazioni. Troppo rischioso, troppo doloroso quando se ne andrà, e so che lo farà. Lui è vincolato al casinò di Villroy, un posto che non voglio più rivedere, e io sono ancorata qui, per Chloe. Lei ha bisogno di me. Ero la sua tutrice legale e l'unica madre che ricorda. Per non parlare del fantastico giro che ho messo in piedi, che pagherà le rette per il college e la facoltà di medicina. Non posso lasciare il miglior lavoro che abbia mai avuto.

Ho seguito Adrian sul web per anni, un piccolo sporco segreto di cui non ho mai parlato con nessuno, nemmeno a mia sorella. Era la mia debolezza, il mio *unico* punto debole, una fantasia che mi ha aiutato a superare i tempi duri. Il mio eroe, il principe che un giorno sarebbe venuto per me. Una parte segreta di me fantasticava che si sarebbe avverato e che sarebbe stato come un sogno romantico. Il mio dolce principe e io saremmo vissuti per sempre felici e contenti, dopo aver giocato a poker in una casa grande a sufficienza per includere mia sorella. Ho sempre fantasticato di avere una casa appena fuori città, con un giardino per i nostri figli e un cane. Una fantasia talmente normale, vivere in periferia, che non ho mai creduto potesse avverarsi. Lui appartiene a Villroy, è il suo regno, e il mio posto è qui. Non avevo mai pensato di rivedere Adrian dopo aver evitato di rispondere ai suoi primi tentativi di mettersi in contatto. Eppure, per qualche strano miracolo, lui è qui. È come se la mia fantasia si fosse avverata.

Chi non sognerebbe di sposare un principe e diventare una principessa? Non mi è mai interessata la parte della principessa. Sognavo di sposare un principe che fosse alla mia altezza a poker, per poter giocare insieme giorno e notte. Allora sapevo a malapena che cosa fosse il sesso. Tutto ciò che sapevo era che richiedeva di essere nudi e la cosa mi sembrava imbarazzante.

È strano come vederlo di persona mi stia condizionando. Conoscevo il suo aspetto, grazie alle fotografie su internet. I suoi feromoni sono forti, o è il testosterone, non so, ma mi sento ridicolmente agitata. Sapevo che aveva frequentato Cambridge proprio come sognava di fare, ero stata felice di vederlo sfruttare il suo nome per cause benefiche e sapevo che possedeva e gestiva il casinò. Lo vedevo di frequente in compagnia di belle donne e mai due volte la stessa. Non lo giudico. È un favoloso principe di venticinque anni e questo significa che non ha bisogno di sistemarsi. E io? Non sto con un uomo da un bel po'. Forse sei mesi? Oh, merda, sono passati nove mesi. Mi ero sentita sola l'ultimo dell'anno e Chloe era andata a passare la notte a casa di un'amica, quindi ho portato a casa un tizio raccolto al bar. Mai più rivisto, esattamente come volevo.

E adesso che facciamo? Abbiamo finito i drink. Adrian ha preso una birra, io uno shot di tequila, che non è servito a calmarmi. Lo conosco e non lo conosco allo stesso tempo e il mio cervello non riesce a conciliare i ricordi con chi è adesso. Devono essere gli ormoni che si sono messi in mezzo. Devo trattarlo esattamente come ho fatto con sua sorella, amichevolmente e poi, *a presto, teniamoci in contatto.*

Adrian si china verso di me e la sua voce profonda mi romba nell'orecchio. Devo sopprimere un brivido. «Vuoi che ci spostiamo a un tavolo e mangiamo qualcosa?»

Voglio passare più tempo con lui?

Sorride, gli occhi nocciola scintillanti di buon umore. «Hai detto di avere solo lattuga appassita a casa. Che ne dici di lattuga fresca? Magari insieme a una bistecca?»

Rido. «Lattuga fresca e bistecca mi sembrano una buona idea.» Siamo in una steakhouse fantastica. «Non stavo cercando di farmi offrire la cena. Mi piace l'atmosfera rilassata che c'è qui al bar.»

«Non l'ho mai pensato.»

Fa un cenno alla cameriera che si affretta ad avvicinarsi. È stata presa nel campo di testosterone di Adrian, o forse l'ha riconosciuto. L'ultimo principe di Villroy rimasto scapolo. I suoi fratelli maggiori, infatti, sono già tutti sposati.

Gli do un'occhiata e lui mi rivolge quel sorrisino che mi scalda talmente da farmi distogliere lo sguardo. Non sono abituata a sensazioni così forti. Adrian è stato il mio primo bacio, e ne sono felice. È stato *la perfezione.* Dopo di lui i miei baci sono stati sciatti, bagnati, troppo morbidi, troppi duri. Orribilmente imperfetti. E quando sono diventata grande, quando ero più schizzinosa riguardo a chi baciavo, erano solo *quello*. Il portale verso l'evento principale. Mi piace il sesso ma una volta finito è finito.

Qualche minuto dopo ci accompagnano a un tavolo quadrato di legno scuro per due in un angolino privato sul fondo. La sua guardia del corpo è ferma accanto all'ingresso di questo spazio.

Adrian estrae la sedia per me e la sospinge quando mi siedo. Le ricordo, le sue buone maniere da gentiluomo. Le insegnano a palazzo. Anche a dodici anni apriva le porte per noi ragazze. Non ho mai pensato molto al fatto che fosse un principe finché non siamo diventati più grandi. Quando ci siamo conosciuti, a otto anni, lui era solo la fastidiosa spalla della mia meravigliosa nuova amica Silvia. Ero stata così felice di trovarla sulla spiaggia un giorno perché Chloe era una noia di un anno. In effetti, quella prima estate pensavo che Adrian fosse disgustoso perché correva per la spiaggia con la sabbia appiccicata addosso e non gli importava abbastanza da lavarla via. Riempiva sempre di sabbia i nostri asciugamani e le sedie. Inoltre si ficcava in bocca i sandwich e masticava gonfiando le guance come un criceto. *Gente! Che schifo!* Come cambiano le cose.

Devo mantenere superficiale questa cosa con Adrian. Niente aspettative, solo una visita amichevole. Con Silvia è stato più facile. Lei ha chiacchierato allegramente dei libri per bambini a cui si sta dedicando per la casa editrice per la quale lavora. Adrian è più riservato e mi fa venire voglia di riempire il silenzio, ma devo stare attenta a non parlare troppo. Non posso permettermi di avvicinarmi tanto da restare scottata quando se ne andrà.

«Per quanto tempo resterai in città?» gli chiedo quando si siede davanti a me.

«Fino a giovedì» dice. «Il finesettimana è indaffarato al casinò.»

«Ah, una visita lampo. Peccato. Le mie partite sono il martedì e il giovedì, quindi ti perderai la seconda partita.»

«Ci sarò domani, allora.» Si china sopra il tavolo. «Giocherò male e saranno entusiasti di vedere le fiches che si accumulano.»

Arrossisco perché si è avvicinato troppo. È così maledettamente sexy. *Datti una calmata!* Mi tengo occupata mettendomi il tovagliolo in grembo. «Ai miei giocatori non piace la gente che non conoscono.»

«Puoi garantire tu per me. Inoltre almeno uno di loro deve aver sentito parlare di me. La mia famiglia è apparsa parecchio sulla stampa ultimamente, tra la day-spa e il casinò.» Si batte il petto con entrambe le mani. «Sono un principe, sai.»

Sbuffo. «Sì, lo so. Solo non penso…»

«Scommetto che sei troppo fifona per invitarmi alla tua partita.»

Mi si rizza il pelo. «Non sono una fifona.» Poi mi rendo conto di ciò che ha fatto, facendo appello alla mia dodicenne interiore. «Bel tentativo.»

Lui sogghigna.

Arriva la cameriera, elencandoci i piatti del giorno e chiedendoci che cosa vogliamo bere.

«Vuoi dividere con me una bottiglia di vino?» mi chiede.

Oddio. Sarebbe un disastro. Mi lascio andare un po' troppo quando bevo. «Acqua per me. Tu prendi quello che vuoi.»

«Acqua per entrambi, per favore» dice.

Quando la cameriera se ne va, Adrian mi esamina. Forse trova strano anche lui vedermi da adulta. Dubito che abbia visto fotografie mie su Internet negli anni, eccetto lo scatto sfuocato preso da lontano che avevo usato sui social media quando avevo aperto l'account anni fa. Questa è veramente la prima volta in cui mi vede.

Mette la mano a palmo in giù sul tavolo di fronte a me. «Okay, carte in tavola. Silvia è preoccupata per le tue partite di poker e le ho detto che avrei dato un'occhiata. Non ho intenzione di rovinarle o mettervi fine. Solo controllare e dire a Silvia che non c'è niente di cui preoccuparsi.»

Lascio andare il fiato. Sono contenta che sia schietto con me e lo imito. «Non c'è niente di cui preoccuparsi. Puoi dirglielo subito.»

«Devo vederlo di persona.»

Parlo a denti stretti. «Apprezzo il tuo interesse, ma non puoi giocare a fare l'amico He-man iperprotettivo qui. Non mi conosci abbastanza da esercitare autorità su di me.» Alzo un dito. «*Non* che ti lascerei mai esercitare autorità su di me. Me la cavo da sola da anni, quindi datti una calmata. Va tutto benissimo.»

Lui ridacchia. «L'amico He-man. Questa è nuova.»

Devo nascondere un sorriso. «Lieta che ti piaccia.»

«Io sono un tipo tranquillo.» Mi rivolge un sorriso affascinante, con gli occhi che brillano. «Dai, forza, c'è sempre posto per me a una partita. La gente conosce la mia reputazione di giocatore. I giocatori bravi vogliono poter dire che mi hanno battuto. Se hai qualche giocatore decente lo lascerò vincere.»

«Perderesti? Tu *detesti* perdere. Sei competitivo quanto me.»

I suoi occhi nocciola sono diretti, intensi, nei miei. «Ho imparato che a volte ci sono cose più importanti.»

Vuol dire che *io* sono più importante? Sembra quasi che gli importi di me, ma com'è possibile dopo tutti questi anni? «Silvia ti sta facendo il mazzo, vero?»

Adrian alza una spalla. «Conosci Silvia.»

Una volta sì. In un certo senso la conosco ancora. È sempre la stessa vecchia Silvia, dolce e calorosa. La ragazza della porta accanto, solo che è una principessa. Quel fatto non si è mai messo in mezzo tra di noi, perché non ha mai dato una grande importanza alla sua condizione sociale. Sembrava sempre un po' imbarazzata dalla presenza della sua guardia del corpo e della cameriera, Marie, che faceva anche da tata ed era con lei e Adrian fin dalla loro nascita.

«Quant'è la quota d'ingresso?» mi chiede Adrian.

«Il tavolo è al completo. Ho i miei dieci giocatori.»

«Fammi contento e rispondi alla domanda. C'è una cena con bistecca in ballo per te.»

Rifletto se rispondergli o meno. Sono sicura che abbia abbastanza soldi per unirsi al gioco. Potrei sempre usarlo come alternativa. Solo non sono sicura di volerlo lì. Si conoscono tutti e hanno un buon rapporto. Sergei si aspetta che riesca ad attirare Vic, il manager di Hedge Fund, anche se non l'ho ancora sentito. In effetti, Adrian potrebbe essere una scelta migliore perfino di Vic, una celebrità con le tasche piene, e se giocherà male di proposito, saranno entusiasti di averlo battuto. Ma poi sto fondamentalmente chiedendogli di fare una gigantesca donazione alla causa solo per alleviare le infondate preoccupazioni di sua sorella.

«Di' a Silvia di non preoccuparsi, okay?» gli dico prendendo il menu.

«Quanto?» Ripete la domanda con un ringhio che mi scuote e mi fa cadere il menu quando sento una fitta di eccitazione.

Mi piace quella voce imperiosa, ringhiante. È sexy da morire ma viene anche da qualcuno che so essere una brava persona. La mia kryptonite personale: maschio alfa e tenero, una combinazione estremamente rara. Ne ho solo letto nei romance, che non ammetterò mai di leggere in segreto sul mio telefono. Ho una reputazione di dura newyorchese da proteggere.

Mi lecco le labbra: «Cinquantamila.»

Adrian resta di stucco. «Mi stai dicendo che hai mezzo milione sul tavolo prima che vengano date le carte?»

«Shh.»

Lui si avvicina e abbassa la voce. «Prendi una percentuale?»

«No.» Una commissione, prendere una percentuale renderebbe il gioco illegale. Invece è tutto perfettamente regolare: pago le tasse come organizzatrice di eventi, cosa che sono. Niente commissioni, niente droga, solo vodka e uomini che cercano la scarica di adrenalina del gioco.

I suoi occhi acuti mi studiano e mi sembra che mi stia frugando l'anima per cercare la verità su di me. La verità? Non voglio che nessuno veda dentro di me. Riesco a malapena a non agitarmi sulla sedia.

Alla fine dice: «Le mance devono essere favolose.»

«Meglio di quelle di una cameriera.» E del mio lavoro d'ufficio insieme, aggiungo silenziosamente.

«Allora perché vivi in un monolocale?»

«È comodo.»

«Dove giocate?»

Prendo il menu e lo studio, sperando che capisca l'antifona. Non voglio rispondere ad altre domande. Lui non capisce l'antifona, *per niente.* Riesco praticamente a sentire i suoi occhi che bucano il menu tra di noi e c'è una tensione palpabile nell'aria. Essere un maschio alfa non significa esserlo solo quando si tratta di sesso, significa esserlo *sempre.* Chiaramente ha tutte le caratteristiche: imperioso, assertivo e protettivo, ma io non ho bisogno di qualcuno che mi protegga.

«Sei l'unica donna?» mi chiede.

Io continuo a studiare il menu.

Adrian mi strappa il menu dalle mani. «Smettila di nasconderti dietro il menu e rispondimi.»

Sento le farfalle nello stomaco. Cazzo. Non voglio eccitarmi per Adrian Rourke. È l'unica persona che potrebbe toccarmi il cuore e non posso rischiare il dolore di lasciarlo avvicinare. Se ne andrà. Se ne vanno tutti.

Evito di guardarlo e faccio un respiro profondo, cercando di calmarmi. Lui è legato a Villroy e partirà giovedì. Ce la posso fare. È solo un vecchio amico che sta cercando di proteggermi, perché è quello che fa lui. Ha il complesso dell'eroe. Oh, adesso mi sento molto meglio. Ecco che cos'è. Una volta l'ho chiamato eroe e ora crede di doversi comportare da eroe per me.

Lo guardo negli occhi. «A volte alcuni portano la loro ultima ragazza, quindi non sono sempre l'unica donna. Ho un mazziere di cui mi posso fidare. Io sono solo l'organizzatrice.»

«Organizza in modo che entri anch'io» ordina.

Alfa, eroe. Perché mi piace tanto? Io posso badare a me stessa.

Mi chino in avanti. «Perché ti interessa quello che faccio?»

Si china anche lui e mi manca il fiato. «Secondo te?»

Mi tiro indietro. «Non ne ho idea. Ci conosciamo a malapena.»

«Okay, vediamo di conoscerci di nuovo.» Alza una mano. «Chiedimi qualunque cosa e poi ti chiederò quello che voglio sapere, finché saremo tornati a essere amici e poi...» La sua voce scende a un tono basso e feroce che mi fa bagnare tra le gambe. «Mi dirai che diavolo stai facendo con queste partite che non vuoi nemmeno che veda.»

«Mi piace la tua voce» dico senza pensare. *Non* era così a dodici anni.

Si raddrizza. «Davvero?»

Annuisco.

Adrian alza un sopracciglio. «Questa è la voce che fa di me un pessimo manager.»

«Sono sicura che siano loro ad avere un problema, non tu.»

Adrian mi studia per un lungo momento. «Dovresti tornare con me a Villroy per dare un'occhiata al casinò. Mi piacerebbe avere la tua opinione. Aspetterò fino dopo la tua partita di giovedì e poi potrai prendere il jet con me. Ti farò tornare qui in tempo per la partita di martedì.»

Il jet. Forse un giorno potrò dire con indifferenza qualcosa di simile. Con la gente giusta alle mie partite è una possibilità. Ma Villroy no, niente da fare. Non voglio essere travolta di nuovo dal dolore, non voglio rischiare di perdere il controllo per un attacco di panico. Adesso sto bene. «Mi tenta, ma il giorno dopo la partita dovrò occuparmi del denaro.»

«Che cosa significa?»

Agito una mano con fare indifferente. «Sai, pagare tutti, incassare dai perdenti e distribuire le vincite.»

Adrian mi guarda con gli occhi stretti. «Lo fai tu.»

«Sì.»

«Da sola.»

Raddrizzo le spalle. «Beh, sì. È il mio giro. Non ho intenzione di mandare qualcun altro. Potrebbero prendersi una fetta.»

Adrian sbatte una mano sul tavolo. «Ecco. Verrò con te alla partita e ti accompagnerò anche il giorno dopo. Stai finanziando le partite in prima persona?»

«È un rischio, lo so, ma finora ha funzionato perfettamente.»

«E che cosa succede se il giorno dopo non pagano?»

«Pagano sempre.»

Adrian mi guarda fisso, stringendo i denti. «E se non lo fanno, tocca a te pagare i vincitori.»

Lo guardo negli occhi e dico con calma. «Va bene così.»

«Non va bene così» ringhia.

I miei capezzoli si contraggono, sento il seno gonfio e teso. È la sua voce e anche il fatto che sembra che gli importi veramente qualcosa di me. Non so perché possa essere così, dopo tanto tempo, ma è chiaro che sta cercando di proteggermi. *Il mio eroe.*

«Come vuoi» dico con una calma che sono ben lontana dal provare. «Puoi venire alla partita, come eventuale alternativa e guardarmi fare il mio lavoro, ma ti assicuro che ti annoierai a morte. È una faccenda veramente banale.»

«Bene» dice con una voce allegra che non mi fa pulsare. *Molto meglio.*

Ovviamente adesso c'è il rischio che i miei uomini si rivoltino contro uno sconosciuto. Sarà meglio che mandi un messaggio in anticipo a ciascuno di loro parlando di Adrian. Menzionare il principe di Villroy dovrebbe bastare. Non ci sono celebrità alle nostre partite. Solo ricchi uomini d'affari. Li seleziono e li controllo prima, per accertarmi che nessuno sia coinvolto in affari di droga, traffico di esseri umani o robaccia del genere. Il mio lavoro è semplicemente far sì che si divertano tutti: buon cibo, ottime bevande, carte da gioco e *fiche* di qualità, un bel tavolo. Non è il tipo di gioco gestito normalmente nei seminterrati di qualche merdoso palazzo d'appartamenti. Sono io la chiave per renderlo perfetto. Ho perfino una lista di attesa di giocatori adesso, ma sono esigente, cerco solo la gente giusta.

Il resto della cena fila via liscio. Adrian lascia perdere l'inquisizione sul poker e mi parla del suo casinò e dei problemi che incontra gestendolo. Si preoccupa di non essere un buon manager, ma sapete? Il solo fatto che si preoccupi di non essere un buon manager lo rende automaticamente ottimo secondo me. Per mia esperienza, alla maggior parete dei capi non interessa. Adrian ha solo bisogno di avere una buona squadra.

«Sono sicura che le cose diventeranno più facili in fretta» gli dico. «Hai appena aperto. Devi dare il tempo a tutti di abituarsi e conoscere il loro lavoro.»

Lui si massaggia la nuca sorridendo. «Ho sempre saputo che sei sveglia.»

Sorrido. «È un grosso complimento, detto da te.»

«Perché?»

«Perché ti sei laureato con lode a Cambridge.»

Mi guarda piegando la testa di lato. «Non ti ho detto di essermi laureato con lode. Sara Travers, mi stai stalkerando su internet?»

Cerco di non arrossire e di assumere la perfetta faccia da poker. «L'ha menzionato Silvia.»

«Ah, tu sei andata all'università?»

Strofino un dito avanti e indietro sul bordo del tavolo. «No. Avevo bisogno di lavorare. Eravamo in ristrettezze.» Alzo la testa, appiccicandomi un sorriso sul volto. «Il mio obiettivo è sempre stato di mandare Chloe al college e se la sta cavando in modo fantastico. È entrata alla Columbia.»

«Sono lieto di saperlo. Pensi mai di tornare a studiare?»

«A che scopo? Sto andando alla grande. Inoltre, dopo il college, c'è la facoltà di medicina per Chloe. Non ho intenzione di lasciare che si laurei con un debito enorme sulle spalle.»

Arriva la cameriera con il conto.

«Offro io» gli dico. Voglio fargli sapere che me la sto cavando alla grande e non cerco di scroccare un pasto. Prendo il conto ma Adrian me lo strappa dalla mano.

«Mi offrirai il prossimo» dice, prendendo il portafogli.

Il prossimo? «Ma tu parti giovedì» dico senza riflettere.

«È lunedì. Forse avrai bisogno di mangiare ancora qualche volta tra adesso e giovedì.» Ammicca e…

Mi sciolgo.

Non ci sono altre parole per descriverlo. Il calore mi invade e mi ammorbidisco, tutti i miei muscoli si rilassano. Adrian è qualcosa di speciale, intelligente, caloroso, veramente una brava persona. Lo sapevo quando eravamo ragazzi e comincio a capirlo anche adesso. Metteteci il suo favoloso aspetto sexy ed è la tentazione personificata. Non posso permettermi di lasciarmi risucchiare, non posso permettermi di rischiare il dolore di avvicinarmi a qualcuno che vive a un oceano di distanza.

Mi accompagna a casa e la conversazione fluisce facilmente mentre mi racconta gli ultimi avvenimenti della sua famiglia. Ci sono state un bel po' di cose pazze a palazzo. Qualcuna la conoscevo, come il matrimonio dei furry (gente con costumi di animali di peluche), raccontato in tutti gli esilaranti particolari da due riviste per spose e poi finito dappertutto in Internet, poi sua sorella Emma che è fuggita dal proprio matrimonio. Però non sapevo della competizione nuziale per la mano del fratello maggiore, Gabriel.

«Quindi è così che è finito per sposare una borghese» dico. «Era sulle prime pagine.»

Adrian annuisce. «È stata una cosa grossa perché Gabriel era l'erede al trono, ma i miei genitori hanno accettato perché non volevano una replica di ciò che era successo con mio zio. Ti ho mai raccontato la storia? Di come il fratello maggiore di mio padre si fosse innamorato di una ragazza di Brooklyn e avesse abdicato al trono per sposarla?»

Scuoto la testa.

Adrian si guarda intorno. «Dovrei andare a cercarli mentre sono qui. Era la prima volta nella storia del regno che un membro della famiglia reale sposava una borghese. Fu uno scandalo *enorme*. Mio zio fu esiliato a vita da Villroy, insieme alla sua famiglia. Silvia si è messa in contatto con i miei cugini qui a Brooklyn, visto che è negli Stati Uniti da tanto. Ho sei cugini che non ho mai incontrato.

«Wow. Chi sapeva che i borghesi fossero un tale problema.»

«Solo per gli eredi al trono. Noi più in basso possiamo sposare chi ci pare. Anche mio fratello Phillip ha sposato un'americana, un'amica della moglie di Gabriel. Emma ha sposato una rockstar inglese, Jackson Walker.»

«Brava Emma! Jackson è fa-vo-lo-so.» Mi schiarisco la voce quando mi guarda arcigno. «Voglio dire, se ti piace il tipo "cattivo ragazzo inglese". Roba da vomito, vero? Per me *solo* perfetti santarellini.»

«Santarellini» ripete.

«Possibilmente un nerd matematico» aggiungo e poi mi copro in fretta la bocca con la mano. «*Non* intendevo dire te.»

«Uh-uh.»

«Tu sei l'eccezione alla regola. L'unico matematico che *non* è un nerd.»

Adrian alza una mano. «Lasciamo perdere.»

Oops! L'ho offeso senza volerlo. «Tu sei virile in una maniera non-nerd» gli assicuro e passo in fretta a un altro argomento. «Devi decisamente contattare i tuoi cugini, tuo zio e tua zia mentre sei qui. È così triste avere un'intera famiglia che non hai mai conosciuto.»

«Non esattamente triste. Voglio dire, non li ho mai conosciuti, quindi non ho mai saputo che cosa mi stavo perdendo. Silvia dice che sono burberi e ringhiosi.»

«Oh, mi piacciono quelli burberi e ringhiosi.»

«Oh, davvero?» ringhia con la voce profonda.

Sento un brivido corrermi per la schiena, la pancia che trema. Ah, diavolo. Adesso sa come arrivare a me. Deglutisco mentre mi alza il braccio, mormorando: «Pelle d'oca.» Si ferma un attimo, mi passa il dito su e giù lungo il braccio e quella pelle d'oca non se ne vuole andare. Alza gli occhi infuocati su di me. «Interessante.»

Ci fissiamo negli occhi per un lungo, ipnotico momento. Mi manca il fiato, ho il polso impazzito. L'attrazione crepita nell'aria in mezzo a noi. Non è unilaterale. Entra in gioco l'autoconservazione e tolgo il braccio dalla sua presa, riprendendo a camminare a passo veloce. Devo solo arrivare in fretta a casa, lontana da Adrian.

Lui mantiene il passo mentre blatero dei migliori ristoranti e bar in ogni direzione possibile. Sono agitata, accaldata e non ho intenzione di farci assolutamente nulla. *Evitare la tentazione!* Sono disponibile solo per il sesso casuale, e lui non è un candidato. Oppure sì? Smetto di chiacchierare e ci penso. Forse può essere una cosa casuale, dato che partirà giovedì.

Ma siamo amici. Beh, lo eravamo. Sento una fitta di dolore al petto per il rimpianto. Ho perso lui e Silvia per così tanto tempo a causa delle difese che ho eretto. I miei dolci ricordi di Adrian mi hanno aiutato a superare molti momenti bui. Sara, la dura, sa cavarsela da sola. Non dipende mai da nessuno... indipendente, forte e *sola*.

«Tutto bene?»

«Sì» riesco a dire. «Se vuoi l'autentica cucina cubana, quello è il posto migliore.» Indico dall'altra parte della strada. Ho ricominciato il tour gastronomico di Brooklyn che non mi ha mai chiesto.

Quando arriviamo al mio appartamento, ho esaurito le forze. Non riesco a dire un'altra parola sulla cucina e sono esausta dopo aver tentato di non pensare alla sua presenza sexy mentre lui ascolta in silenzio di fianco a me.

Mi fermo davanti alla porta della mia palazzina, di colpo incerta su come dirgli addio. Di solito questa parte per me è un sollievo, una cosa da fare in fretta. Forse non voglio dirgli addio.

Lui si avvicina con un sorriso che gli illumina il volto stupendo. La sua voce è miele caldo e io mi sto sciogliendo un'altra volta. «È stato veramente bello rivederti, Sara.»

Io non riesco quasi a respirare. «È stato lo stesso per me.» Alzo le mani a un angolo strano, senza sapere se abbracciarlo o stringergli la mano.

Lui mi prende la mano, la porta alle labbra e sfiora le nocche con un bacio. Arrossisco, il mio cuore salta un battito e le farfalle nello stomaco ricominciano a volare. Sono fritta. Questa non sono io. Già, ma nessun tizio ha *mai* fatto un gesto così dolce nei miei confronti. Tranne... lui.

«Ci vediamo domani alla partita.» Tende la mano con il palmo in su e agita le dita. «Dammi il telefono e aggiungerò il mio numero.»

Lo pesco dalla borsa, lo sblocco, vado ai contatti e glielo passo. Lui scrive rapidamente, e me lo restituisce con un sorrisetto sulle labbra.

Guardo lo schermo. Invece di Adrian, si è aggiunto come "Il mio eroe". Lo fisso per un momento. Avevo ragione. Ha veramente il complesso dell'eroe. Ecco perché è così protettivo. È una sua caratteristica. Non dovrei farmi trasportare da fantasie oniriche, credendo che ci tenga a me.

Lo guardo negli occhi: «Davvero, Adrian?»

Lui sorride. «Ricordi quando ti ho salvato dagli squali?»

Ho il cuore che batte forte. Non riesco a credere che anche lui ricordi tutto, come me.

«Squali? Quali squali?»

Adrian china di lato la testa, studiandomi. «Dovresti lavorare un po' sulla tua faccia da poker. Ammettilo, a un certo punto, *mooolto tempo fa*, ero il tuo eroe.»

«È stato una vita fa» dico piano.

«Sembra che abbiamo parecchio tempo da recuperare.» Mi saluta e per qualche motivo, mi fa sorridere. «Buonanotte.»

«Buonanotte.»

Entro nella palazzina e salgo nel mio appartamento. Appena entro, comincio a soffrire di solitudine. Ridicolo. Vivo qui da sola da tre settimane oramai, da quando Chloe si è trasferita nel dormitorio. Non avevo certo intenzione di invitarlo a salire. Comunque, quasi mi manca. E poi, con un raro gesto impulsivo, prendo il telefono e gli mando un messaggio.

Quell'estate eri il mio eroe. Scusami. A volte i vecchi ricordi riportano alla mente sia cose belle sia cose brutte. È vero, anche se non è la ragione principale per cui ero guardinga. Semplicemente, non sono abituata a lasciare che nessuno si avvicini troppo.

Nessun problema. Invece posso essere io il tuo squalo. A carte.

Sorrido. *Allora, chi mi salverà da te?*

Niente da fare. Sei già spacciata.

Fisso le parole. So che sta scherzando, ma ci è andato un po' troppo vicino. E se fossi già spacciata? Non ho mai avuto una reazione fisica così intensa per un uomo prima d'ora. Non mi sono mai sciolta, mai.

Sto al gioco, con le dita che volano sul tastierino. *Sono anch'io uno squalo a carte, ed è un mondo squalo-mangia-squalo.*

Gnam gnam.

Rido forte. Gnam.

Gli rispondo: *dovremmo fare una partita solo noi due, per amore dei vecchi tempi.* Sembra che non sia così brava a mantenere le distanze. Adrian è irresistibile.

La mia cabana ha più posto. Ho una suite a SoHo. Non troppo lontano da te.

Sorrido al riferimento alla *cabana*. Abbiamo passato un mucchio di tempo giocando a poker nella sua *cabana*. La sua stanza d'albergo è tutta un'altra tentazione. Devo essere furba. Devo tenere le distanze.

Forse.

Fifona.

Quante cose ho fatto da ragazzina perché mi diceva che ero una fifona? Scuoto la testa con un sorriso riluttante sulle labbra. Il ragazzo sapeva come prendermi. L'uomo ha a che fare con una donna completamente diversa. Il tipo che si protegge a ogni costo.

Gli mando un breve saluto. *Buonanotte, Adrian.*

Buonanotte, Sara, e buon venticinquesimo compleanno, sia pure in ritardo.

Fisso il telefono, mi ha preso alla sprovvista un'altra volta. Mi sta rammentando che abbiamo entrambi venticinque anni adesso, e che avevamo un patto. Lascio cadere il telefono a faccia in giù sul futon come se scottasse.

Calma, è solo lo shock di essertelo trovato sulla porta di casa che ti ha messo sottosopra. Anche così, mi metto il pigiama per non essere tentata di saltare sul treno e presentarmi al suo albergo.

$$5$$

Adrian

La partita di Sara stasera è in una villa vittoriana d'angolo, a Brooklyn. Non sapevo ci fossero ville a Brooklyn. Pensavo fossero tutti edifici residenziali come a Manhattan. Ci siamo andati insieme con la mia guardia del corpo, e lei è arrivata presto, alle sette, per preparare tutto per la partita delle otto. Dice che possono far molto tardi, a volte fino alle tre del mattino, se qualcuno è in una serie positiva. A me sta bene, sono un animale notturno.

Lei indossa un blazer verde chiaro, una camicetta bianca e una gonna diritta dello stesso verde, scarpe beige con il tacco alto. È fantastica e i vestiti accentuano la sua forma a clessidra, ma non è come mi aspettavo si vestisse per una partita di poker. Ha portato con sé un piccolo trolley con il necessario per il poker.

La seguo sui gradini di un vasto portico e poco dopo una bionda rotondetta con un abito floreale ci fa entrare. «Benvenuta, signorina Sara.»

«È bello rivederla, signora Kay» dice Sara con calore. «Questo è il principe Adrian Rourke.»

La signora Kay china la testa e fa una riverenza. «Principe Adrian, benvenuto.»

«Grazie. Sono lieto di conoscerla, signora Kay.» Indico

dietro di me. «Questo è Jack, la mia guardia del corpo. Viaggia dappertutto con me, come precauzione. Regole di palazzo.»

«Oh, salve» dice a Jack. Jack inclina la testa. Non è tipo da conversazioni o sorrisi.

Sara entra e noi la seguiamo. C'è uno scalone ricurvo sulla destra, con una ringhiera di legno scolpita, pareti rivestite di legno bianco per tutta la lunghezza della scala. Una moquette rossa e oro copre tutto il pavimento. Tutto molto elegante e adatto a una villa vittoriana.

«Siamo di nuovo nel salotto?» chiede Sara alla signora Kay.

«Sì, da questa parte.»

Camminiamo lungo un corridoio, superiamo una biblioteca e sulla nostra sinistra c'è un salotto, grande come due stanze. Ci sono due colonne scolpite al centro dello spazio sui due lati, probabilmente delle travi portanti. Il salotto ha soffitti alti, lampadari di cristallo, enormi finestre a tutta altezza e modanature intorno al soffitto. I mobili sono antichi. Da un lato c'è una zona relax con poltrone di velluto rosso davanti a un camino e dall'altra un grande tavolo ovale di mogano con altre poltroncine di velluto rosso. Dieci. Dev'essere dove giocano.

«Mi faccia sapere se ha bisogno d'altro» dice la signora Kay.

Sara sorride. «Aspetto una consegna di cibo tra mezz'ora. Potrebbe servirmi un po' d'aiuto nel sistemarlo. Altrimenti va bene così.»

«Di chi è questa casa?» chiedo appena la signora Kay esce. «Lui dov'è?» Sono molto curioso di incontrare il tizio. Sembra la casa di un uomo anziano con famiglia. Decisamente non l'appartamento di uno scapolo. Sara mi ha detto che i suoi giocatori sono tutti giovani uomini d'affari russi di successo.

«È la casa di Ivan. Cambiamo regolarmente il posto per mantenere interessante il gioco. Non so dove sia. Forse al piano di sopra a prepararsi, oppure potrebbe essere preso dal lavoro. Arriverà.»

La seguo al tavolo da gioco. La superficie è di pelle verde

con portabicchieri e rastrelliere porta *fiche* di ottone. Veramente bello. «È casa sua, strano che non sia in orario.»

«Si fida di me per la preparazione. Sono stata qui parecchie volte.»

«È bravo?»

«Certo» dice, appoggiando un mescolatore di carte sul tavolo. «Sono tutti bravi.»

La osservo mentre sistema i suoi speciali mazzi di carte e le *fiche*. Poi prende una piccola cassetta metallica e la pone discretamente su un tavolino in un angolo.

«Porti a casa i contanti con te?» le chiedo. «Il mezzo milione delle quote d'ingresso?»

«Alla fine viene distribuito ai giocatori, domani insieme alle scommesse in più che raccolgo.»

Stringo i denti, sforzandomi di tenere calma la voce. «E tu vai semplicemente a casa a piedi da sola, con tutto quel contante nella valigia?»

«Uso un'app sul mio telefono per avere un passaggio a casa, facile.» Mi rivolge un'occhiata irritata. «Ovviamente non vado a casa a piedi al buio alle tre del mattino. Inoltre ho lo spray al peperoncino.» Davanti alla mia espressione dubbiosa, aggiunge a voce bassa. «Non mi posso permettere una guardia del corpo, okay. E comunque non farebbe altro che attirare l'attenzione su di me.»

Continua a non piacermi, ma tengo la bocca chiusa. Sono qui per osservare come vanno le cose, non per interferire. Non insisterò finché non avrò *tutti* i fatti.

Jack prende posto in un angolo della stanza e io lo indirizzo dall'altro lato del salotto. L'ultima cosa che voglio è che i giocatori pensino che mi stia dando informazioni. Mi volto quando sento una voce maschile che saluta giovialmente Sara.

Ha trent'anni al massimo, con corti capelli castani e indossa un completo blu scuro. Sorride e va da lei. «Che visione gradita quando torno dal lavoro» dice con un pesante accento russo, chinandosi per baciarle la guancia. «Sunny Sara.»

Lei gli rivolge un luminoso sorriso. *Sunny Sara.* «Grazie Ivan! È bello rivederti.»

«Se solo ti avessi qui tutti i giorni quando torno a casa» dice lui con calore.

Io mi avvicino e do un taglio a ulteriori tentativi di flirt.

Sara mette una mano sul braccio di Ivan. «Questo è l'eventuale sostituto di cui ti ho parlato, il principe Adrian Rourke.»

«Benvenuto nella mia umile dimora, Vostra Altezza» risponde Ivan chinando la testa.

«Grazie.» Gli tendo la mano che mi stringe talmente forte da rompere le ossa. Non so se sia un gesto amichevole oppure no. Le strette di mano possono variare da cultura a cultura, ma qualcosa mi dice che è stata una dimostrazione di potere.

«Vado a mettermi qualcosa di più comodo» dice Ivan ed esce.

«Sunny Sara» lo scimmiotto appena non è più a portata d'orecchi.

«È quello che faccio» mi risponde. «Tutto è spensierato e piacevole con la solare Sara. Sono un'eccezionale padrona di casa.»

«Che cosa fa Ivan per vivere?»

Lei controlla il telefono. «Una volta ha parlato di import/export di materiale elettronico. Sono tutti uomini d'affari di successo.»

Abbasso la voce. «È tutto legale nell'attività di import/export?»

«Io non faccio domande.» Alza gli occhi dal telefono. «Yuri arriverà in ritardo di un'ora. Entri tu per il primo giro.»

«A me sta bene.»

«Siediti. Vado a preparare i drink.» Prima che possa farlo, entra un uomo sulla cinquantina, con capelli castano scuro e pelle marrone chiaro. Sara lo saluta con calore prima di rivolgersi a me «Questo è il nostro mazziere, Gustavo» dice. «Gustavo, ti presento il principe Adrian.»

Gustavo china brevemente la testa. «Lieto di conoscerla. Non ho mai avuto un aristocratico al mio tavolo.»

Sorrido. «Più o meno come chiunque altro. Tranne che una

volta ogni tanto tiro fuori la corona, solo per assicurarmi che ci siano ancora tutte le gemme.»

Gustavo ride e va al tavolo da gioco. Sara va verso la cucina.

Io mi siedo su una delle poltrone davanti al camino, prendo il telefono e controllo come vanno le cose a casa. Ci sono parecchie email da Emma, la mia ex-investitrice silenziosa, che ora sta gestendo il casinò con Jackson al posto mio. È irritata e si lamenta che non le dicono niente finché le cose non sono fuori controllo e che non c'è niente da fare. Benvenuta nel mio mondo! Sono lieto di non essere solo io. Dice anche che il ristorante non ha tenuto una scorta adeguata di aragosta, ed è una cosa veramente stupida perché si tratta del prodotto che Villroy esporta di più. I fiori che aveva ordinato non sono mai arrivati, ma le sono stati comunque addebitati. Un cliente maschio le ha palpeggiato il sedere quando si è fermata a un tavolo da blackjack per chiedere se si stessero tutti divertendo. Jackson ha portato fuori quel tizio prima ancora che la sicurezza potesse avvicinarsi.

Bene, bene, bene. Non è facile vestire i miei panni. So che è sbagliato, ma sono lieto che non abbia vita facile. Cominciavo a pensare di essere io il problema, e non invece che fosse un lavoro realmente tosto.

Sara e la signora Kay tornano in salotto con un vassoio pieno di bicchierini da vodka e piattini di sottaceti. Interessante.

Poco dopo arriva il cibo. Pensavo si trattasse di cibo tradizionale russo, invece Sara ha ordinato un dim sum (una serie di vassoietti con bocconcini di carne, pesce o verdure); un piatto di formaggi con olive e crackers e piatti individuali di polpettine di carne. La signora Kay arriva dalla cucina con il caviale e cracker scuri.

«Vari il menu a ogni partita?» le chiedo.

«Sì, è sempre una sorpresa e cerco di limitarmi a cibi leggeri. Non voglio gente semi-addormentata alle mie partite. Solo bocconcini per tenerli all'erta e passare un bel momento. Questi vengono da un servizio gourmet. Si fermano nei migliori ristoranti della zona e poi consegnano.»

«Che altro tipo di cibo puoi avere da questo servizio?»

«Qui ci sono moltissimi ristoranti etnici: può essere cucina caraibica, russa, ebraica, italiana. Abbiamo praticamente tutto. Evito la pizza perché può essere pesante.»

«E resti fedele alla vodka. Niente birra o vino.»

Sara alza una spalla. «Ho provato con la birra, ma semplicemente preferiscono la vodka. Fanno un mucchio di brindisi. Tieni in alto il bicchiere finché hanno finito il brindisi e poi butta già tutto in una volta. È l'uso.»

«Lo so. C'è qualcuno sbronzo alla fine della serata?»

«No. Sono bicchierini molto piccoli, mangiano tra un bicchierino e l'altro e sopportano bene l'alcol, immagino.»

«E tu?»

Si china verso di me e sussurra. «A volte risputo la vodka nella mia bibita a base di succo di mirtillo rosso. Di solito sono solo io o qualche volta una donna che si portano appresso che beve le bibite. Gli uomini preferiscono la loro vodka liscia.»

«Hai veramente studiato la loro cultura, vero?»

«C'è una grande comunità russa a Brighton Beach, uno dei quartieri di Brooklyn. La loro cultura mi era già familiare e, credimi, mi fanno sapere forte e chiaro quando gli piace o non gli piace qualcosa.»

Il resto degli uomini arriva a distanza di pochi minuti l'uno dall'altro e Sara mi presenta. Sembrano un po' emozionati, si inchinano e mi fissano, quindi cerco di metterli a loro agio, ringraziandoli per avermi permesso di unirmi al gioco, in assenza di Yuri. C'è un Mikhail, poi Alexy, Roman, Kirill, Vlad, Sergei e due Dimitri.

Poi mi sento momentaneamente perso, dato che la conversazione si svolge interamente in russo. Mi chiedo se Sara sappia ciò che stanno dicendo e quanto si perda durante il gioco che potrebbe indicare un problema di cui non sa nulla. L'ignoranza non è una benedizione quando si tratta di partite di poker con le poste alte.

Li osservo salutare calorosamente Sara, baciarle la guancia e chiamarla Sunny Sara. Lei è allegra, calorosa e amichevole. La desiderano tutti. Non sono paranoico. Un uomo sa questo tipo di cose. È single e sexy e qui non ci sono le loro compagne. Sono nove uomini tra i venti e i trenta, alcuni in t-shirt e jeans, alcuni in pantaloni e camicia, e tutti la scrutano, dal seno alto e sodo alla vita sottile, alla curva dei fianchi, chiaramente messi in evidenza dal suo tailleur. Solo io ho il diritto di guardarla, perché sono il suo eroe. La sorveglio attentamente, lottando contro il mio stesso desiderio. Un fatto eroico in sé.

Sara va discretamente nell'angolo con la cassetta dei contanti. Sono tutti di buonumore mentre la seguono, ciascuno le passa un fascio di contanti per la quota d'ingresso, che lei accetta chiacchierando con loro come se i soldi non fossero importanti.

Le consegno la mia quota per ultimo. Lei non conversa con me, sistema in silenzio il contante all'interno, chiude la cassetta e la mette nel suo trolley. Gli uomini parlano tra di loro come se fossero vecchi amici, dandosi ogni tanto grandi pacche sulle spalle. Sarei curioso di sapere come fanno i loro soldi, ma faccio finta di niente. Starò a vedere come vanno le cose.

Prima di cominciare, si precipitano tutti sul tavolo con il cibo, parlando a voce alta. Sara non li raggiunge, resta seduta accanto al tavolo da gioco con un'espressione piacevole sul volto come se le piacesse vedere che si divertono. Io mi servo qualche bocconcino. Nessuno parla con me, anche se ricevo sorrisi amichevoli e cenni di testa. Esito a interrompere la loro conversazione in russo. Quando tutti hanno mangiato, Sara versa la vodka nei bicchierini. Sembra essere l'annuncio che la partita sta per cominciare, perché lasciano i piatti sul tavolo contro la parete e tutti si avvicinano al tavolo da gioco con i loro drink.

Ivan resta in piedi accanto al tavolo da gioco. «Un brindisi prima di giocare.» Alza il bicchiere e noi lo imitiamo.

Ivan alza il bicchiere verso Sara e poi me: «Alla nostra eccezionale hostess e al suo regale amico.»

Fanno tutti cin-cin con i bicchieri e ingollano lo shot. *Hoya! Bruuucia.* Nascondo una smorfia. Sono più un tipo da birra che da vodka, ma quando sei a Brooklyn…

Finalmente si siedono tutti intorno al tavolo da gioco. Sara annuncia il primo giro mentre gli ospiti acclamano gioviali.

Il mazziere comincia e la conversazione ora è in inglese, probabilmente per la mia presenza. Gli uomini si sfottono a vicenda, su chi ha mangiato troppa pizza e sta mettendo su pancia.

Sono pronto a perdere, ma dev'essere fatto bene, non come se lo facessi di proposito.

Metà dei tizi è facile da leggere, guardano le carte coperte immediatamente dopo averle ricevute, con un'espressione compiaciuta o delusa. Non sono l'unico che coglie le loro espressioni rivelatrici. Due di loro giocano come professionisti, senza mostrare emozioni ma osservando attentamente.

«Giocate insieme da molto?» chiedo noncurante.

«Da agosto» dice Alexy. «Ivan è arrivato a Sara tramite Sergei. Ci conoscevamo già tutti per un motivo o per l'altro, alla fine siamo arrivati a dieci.»

«Abbiamo cominciato con cinque» dice Sara. «Penso che in dieci sia più divertente, non credete?»

«A me piace» dice Alexy.

C'è un coro di affermazioni e poi qualcuno propone un altro brindisi a loro dieci. Prendo il bicchierino e colgo Sara che va nell'angolo a prendere il suo bicchiere di succo. Scommetto che sputerà lo shot. Mi sento veramente caldo e rilassato adesso. Dovrei prendere anch'io una bibita analcolica, per non finire brillo e perdere di vista qual è il mio scopo qui. Non m'importa che gli altri si limitino alla vodka. Come mi fa sempre notare la mia gemella quando faccio ciò che mi pare, sono abbastanza sicuro della mia virilità da riuscirci. Inoltre, sono in missione, devo accertarmi che Sara non sia in pericolo. He-man è proprio qui, adesso. Ah!

Non voglio alzarmi dal tavolo, quindi mando un segnale a Sara, facendo il tipico gesto del bere, fingendo di portarmi un bicchiere immaginario alle labbra.

«Altra vodka!» chiede Ivan a Sara. «Al principe serve altra vodka.»

«Andrebbe bene anche una bibita» dico, dandole un'occhiata significativa.

Lei sorride. «Arriva.»

Mi attengo al sistema di Sara di usare la bibita per sputarci con discrezione la vodka quando arriva il momento dello shot seguente. Nessuno mi prende in giro per la bibita. Si stanno divertendo tutti.

Un'ora dopo, ho perso di proposito, e alcuni degli uomini hanno uno scintillio trionfante negli occhi. Non ho perso molto. Solo abbastanza da fare felici tutti.

Sara resta tranquillamente sullo sfondo, apparentemente felice di fare da ospite. Non commenta le vincite o le perdite, dice la sua solo quando viene interpellata, cosa che diventa più frequente man mano che la serata procede. Chiacchiere amichevoli. Nessuno esagera, quindi mi rilasso.

Arriva Yuri, un uomo alto, non ancora trentenne, con capelli castano scuro lisciati all'indietro e una barba corta ben curata. Gli altri lo salutano allegri. Sara ci presenta e poi mi allontano dal tavolo perché possa prendere il mio posto. Vado da Sara. Solitamente me ne andrei una volta finito di giocare, ma voglio restare accanto a Sara per vedere come si mettono le cose.

«Si stanno divertendo tutti» le dico sottovoce.

«È questo il piano» dice lei allegramente. «Qualche ora divertente per tutti. Ho visto quello che hai fatto con la bibita.»

«Sì, già, la tua idea era buona.» Riporto l'attenzione sulla partita. Devo scoprire i loro cognomi per poter indagare su ciascuno di essi, solo per essere sicuro che tutto sia okay.

La serata passa tranquillamente. Solo gente che si sta divertendo. È tardi quando Yuri fa la sua mossa, chiedendo agli altri se vogliono partecipare a un affare immobiliare. Ha solo un lieve accento. «Potrebbe unirsi anche il principe Adrian. Ho avuto una dritta su del terreno industriale nel Queens. È una cosa sicura. Il Queens è la prossima Brooklyn. L'investimento ripagherebbe cinque volte.» Passa in giro il suo biglietto da visita e ne lascia uno per me, indicandolo con il dito e inclinando la testa verso di me.

«In questo momento sto investendo nel mio paese, ma ci penserò» avvicinandomi e infilandomi il biglietto in tasca, solo come riferimento. Ora ho il cognome di Yuri e posso controllarlo più tardi.

Lui annuisce e torna a rivolgersi agli altri, passando al russo. Sembra esserci un po' di interesse e qualche cenno positivo. Proprietà immobiliari nel vicino Queens sembrano una cosa legittima. Forse Silvia si è preoccupata per niente.

La partita finisce con Sergei, arrabbiato per aver perso, che getta le carte sul tavolo e sfida Ivan a fare a pugni. Lo dice in inglese e sospetto sia perché vuole che Sara sappia che cosa sta facendo.

Sara interviene con tempismo perfetto, appianando le cose. «È tardi. Ci sarà un'altra partita giovedì. Altro divertimento, altre possibilità di vincere. Che ne dite di alzare la quota d'ingresso a centomila dollari? Renderebbe più facile rifarsi alla svelta.»

Sergei sbuffa, fissando Ivan con occhi furiosi. «Sii un uomo e vieni fuori.»

Ivan lo afferra per il colletto della camicia e lo tira vicino a sé. «Vattene da casa mia. Non sei più il benvenuto qui.»

Sara resta vicino a loro. «La prossima partita è in una suite d'albergo. Perfetto per tutti. Sergei, spero *veramente* di vederti là.» La voce ha un accenno di civetteria.

Sergei si toglie di dosso le mani di Ivan e raddrizza la camicia. Si rivolge a Sara. «Sarò lì per te, bella Sara.»

«Ci vediamo, allora» dice Sara con un sorriso solare. «Buonanotte.»

Sergei se ne va spavaldo.

Mi chiedo se Sara usi sempre la civetteria per trattare con quegli uomini.

Appena siamo tornati in auto e in viaggio verso il suo appartamento, le chiedo. «Quante volte ti hanno chiesto di uscire con loro quei tizi?»

Lei fa un gesto indifferente. «Non preoccuparti. Flirtano, ma è innocuo. Sanno tutti che non esco con un giocatore, né faccio altro. È strettamente poker e amicizia.»

«E come fanno a saperlo?»

Lei sospira. «Perché è quello che dico loro se mi chiedono di uscire.»

«Chi te l'ha chiesto?»

«Solo Sergei e sì, gli ho spiegato la mia pratica di mantenere i rapporti professionali.»

Stringo i denti, sentendo una rara fitta di gelosia che mi irrita più di quanto ne abbia diritto. Sara non è mia. Mi sforzo di tornare allo scopo della mia partecipazione di questa sera. Non credo che i suoi giocatori facciano parte del crimine organizzato, sembrano tizi abbastanza normali, ma non ritengo nemmeno che lei sia fuori pericolo. Mi preoccupa il rischio che si prende maneggiando il denaro, sia portando con sé le quote d'ingresso sia coprendo le loro scommesse.

Apro la bocca per parlare del problema del denaro, ma ciò che esce è un ringhio possessivo che sorprende perfino me. «Non parlare con loro con quel tono civettuolo. Si faranno l'idea sbagliata.»

Lei sbuffa. «Gesù, Adam. Che c'è? Posso parlare come voglio con chi voglio. La dolcezza arriva molto più lontano con questa gente. Sono io quella che mantiene tutto spensierato e piacevole.»

«Usando la loro attrazione per te?»

Sara alza una spalla. «Non posso farci niente se gli uomini sono attratti da me. È un problema loro, non mio.»

«Quindi non trovi attraente nessuno di loro?»

Lei sbuffa di nuovo. «Sono tutti attraenti. Non importa. Io sono lì per la partita e le mance. Non esco con i giocatori.»

Mi calmo un po'. Mi dico che quella che pensavo fosse gelosia era in effetti più che altro un senso di protezione. «Quanto hai raccolto in mance questa sera?» Ho visto gli uomini consegnarle delle *fiche* e mazzette di banconote mentre si congedavano.

Le si illumina il viso. «Sessantamila. Alcuni sono stati particolarmente contenti che ci fossi tu e anche felici di poter entrare in un affare immobiliare sicuro. Si sentivano particolarmente generosi.»

La sua valigia con i soldi è al sicuro nel bagagliaio dell'auto ma chiunque sappia delle sue partite potrebbe seguirla fino al suo appartamento e prenderla. Vive da sola. È piccola, più bassa di mia sorella. Il mio istinto protettivo in questo caso è perfettamente giustificato.

«Hai bisogno di una guardia del corpo» dico. «Non mi piace che maneggi i soldi da sola.»

«Ti ho già detto che non me la posso permettere. Lo farò appena avrò abbastanza soldi per le rette di Chloe. Ho bisogno di risparmiare abbastanza da portarla alla laurea, poi potrò pensare a spendere per qualcos'altro. È un rischio calcolato.»

Mantengo calma la voce.

«Coprirò io i costi di una guardia.»

«Non accetterò i tuoi soldi. Va tutto bene. I soldi restano in mano mia solo per un breve periodo e poi vanno nella mia cassaforte.»

«La tua cassaforte» ripeto. «E quanto sarebbe difficile costringerti ad aprirla se qualcuno entrasse con la forza?» Sto pensando a tutte le peggiori possibilità e non mi piacciono i rischi che si sta prendendo.

Sara stringe le labbra e guarda diritto davanti a sé.

Insisto. «E se uno dei giocatori diventasse aggressivo dopo la partita? Sergei si è quasi messo a litigare.»

Scuote la testa. «So come parlare con questa gente. Inoltre sono io la chiave delle loro partite. Le adorano. E ognuno di loro è felicissimo di esserci. Ho dovuto rifiutarne qualcuno. Prima di accettarli, li ho controllati per verificare che avessero parecchi soldi e fossero capaci di giocare. È un onore partecipare a una partita di Sara Travers.

Continua a non piacermi, ma aspetterò e vedrò come andranno le cose domani, quando raccoglierà e distribuirà il denaro. Può anche non essere mia adesso, ma è sempre la mia Sara di quelle estati dorate e senza pensieri. Non deve succederle niente.

Le do una tirata di capelli. Sono morbidi come seta, proprio come appaiono. «Un onore essere a una partita di Sara Travers. Wow, sei qualcosa di speciale!»

Lei sorride. «Sì. Allora, ti senti meglio riguardo al mio giro di poker? Puoi riferire a Silvia che va tutto bene.»

«Voglio vederti raccogliere i soldi domani. Poi farò il mio rapporto.»

Sara si irrigidisce. «Non puoi venire con me a casa della gente. Detestano essere i perdenti che devono pagare. Devo farla semplicemente sembrare una visita sociale. L'ultima cosa che vogliono è che un altro ne sia testimone.»

«Aspetterò in auto. Se qualcuno ti darà problemi, sarò lì vicino con Jack.»

I suoi occhi verdi lampeggiano. «Non ci saranno problemi, eccetto quelli che potresti causare tu con la tua presenza.»

«Sarò discreto.»

Lei incrocia le braccia. «Scusa, ma una Mercedes nera con i finestrini oscurati non è esattamente discreta.»

«Vivono tutti in quartieri di lusso, giusto?»

«Sì.»

«Quindi dovrebbe mimetizzarsi benissimo.»

Stringe gli occhi guardandomi. «La tua auto spicca. La maggior parte di loro non ha un'auto. Vanno a piedi o usano un'app per chiamare un'auto. Avere un'auto a Brooklyn è solo un fastidio.»

«Di' loro che sono il tuo boyfriend e che abbiamo in programma di uscire più tardi.»

«Non ho intenzione di dirlo.»

L'auto si ferma davanti a casa di Sara. Scendo e prendo il suo trolley, con l'intenzione di assicurarmi che arrivi in casa sana e salva. «Ti accompagno» le dico.

Lei sospira. «Va bene.»

La seguo di sopra e la guardo frugare nella borsa per cercare le chiavi dell'appartamento. «Allora, perché non vuoi dire loro che sono il tuo boyfriend? Non pensi che sia un buon partito?»

Sara scuote la testa. «Sai, per uno che è qui da, diciamo, due secondi, sei terribilmente invadente riguardo a come svolgo la mia attività.» Apre la porta.

La seguo e appoggio il trolley accanto al tavolino. «Allora?»

Sara chiude la porta e si volta a guardarmi. Ci fissiamo per un lungo momento.

Poi mormora: «Allora è una bugia. Non sei il mio boyfriend.» Mi guarda da sotto le ciglia, con le guance arrossate. Vuole che la baci.

Abbasso la voce a un tono sensuale. Sarò anche irritato per i rischi che sta correndo, ma sono anche molto attratto da lei. È come il pezzo di puzzle che manca, il pezzo che si adatta perfettamente e che non sapevo di cercare finché non l'ho trovata di nuovo. «Allora baciami, così diventerà la verità.»

Sara si avvicina. «Non ho intenzione di baciarti.»

«Scommetto che hai una maledetta paura.» *Baciami.*

«Non accetto più le sfide.»

Faccio un passo avanti. Sara Travers non può resistermi. «Peccato. Eri più divertente quando lo facevi.» *Vediamo che cos'hai.*

Lei spalanca gli occhi, poi mi afferra la testa e mi bacia forte sulle labbra. Sento un'ondata di trionfo.

Si tira indietro e ci fissiamo guardinghi. Entrambi vogliamo di più. Lo sento.

Sara mi bacia di nuovo, più dolcemente adesso, con la mano appoggiata sulla mia guancia. «Adrian.»

Infilo le mani tra i suoi capelli morbidi e mi prendo il bacio che voglio da tanto. È bollente e famelico. Voglio di più, l'abbraccio, tirandola vicino.

Poi mi ritrovo sul suo futon e lei è cavalcioni sopra di me, con la gonna rialzata sui fianchi, le mani che afferrano i miei capelli e mi sta baciando con insistenza. È il paradiso e l'inferno allo stesso tempo. Ho bisogno di molto di più.

Sara interrompe il bacio, respirando forte, con le dita impigliate tra i miei capelli. «Avevo giurato di non farlo.»

Le sfioro la gola con le dita. Ha il polso che batte furiosamente. Come il mio del resto. «Perché no?»

«Perché…» Deglutisce e distoglie lo sguardo. Uno dei suoi segni rivelatori, evitare il contatto visivo. «Perché voglio ricordarti come parte del mio dolce passato.»

La bacio dolcemente. «Dimmi la verità. Perché no?» Se veramente non vuole esplorare ciò che potrebbe esserci tra di noi, mi tirerò indietro.

«È quella la verità» insiste, fissandomi la bocca.

Ho la sensazione che ci sia di più, che forse mi veda ancora come parte di Villroy e dei ricordi che ha dei suoi genitori, ma aspetterò che sia pronta a dirlo.

Le tengo il volto, accarezzandole la guancia morbida con il pollice. «Farò sempre parte del tuo passato. È così che funziona il tempo. Il passato è passato. Il presente è...» Le sfioro il collo con le labbra, arrivando su fino all'orecchio, respirando il suo profumo dolce prima di mordere piano il lobo e tirarlo, «... qui, adesso, e ti voglio.»

Sara ha le pupille dilatate. Mi desidera anche lei. Mi piace essere in grado di leggerla così facilmente. «Per quanto tempo?»

«Finché resteremo entrambi senza fiato.»

6

Adrian

Sara sorride e si alza in piedi, tirandosi giù la gonna. «Penso sia meglio che non ci impegoliamo in questo modo.»

Accidenti, l'ho persa. Faccio fatica a non afferrarla e tirarla indietro. «Mi piace impegolarmi in questo modo.»

Lei si liscia i capelli. «Beh, piace anche a me, ma poi sarebbe imbarazzante e tu te ne andrai e sembra solo tutto un casino. Vediamo di mantenere semplici le cose tra di noi.»

Passa un attimo di silenzio mentre ci squadriamo ancora una volta, con la tensione nell'aria che si taglia con il coltello.

Sono in piedi davanti a lei, vicino ma non troppo. «Non sei curiosa di sapere come saremmo insieme? Voglio dire, so parecchio di più delle donne adesso rispetto a quando avevo dodici anni. Il mio primo bacio ti è piaciuto abbastanza da chiedermi di sposarti» dico sorridendo.

Mi mette la mano davanti alla bocca. «Non un'altra parola, diavolo tentatore. E ti ho chiesto di sposarti *prima* del bacio.»

«Perché ero il tuo eroe.» Le prendo la mano e le bacio il palmo e poi la pelle sensibile sotto il polso. Lei rabbrividisce. Le lascio andare la mano e lei fissa diritto davanti a sé.

«Giochi sporco» dice con la voce roca.

«Gioca con me.»

«Adrian!»

«Sara!»

Si toglie il blazer e se lo mette sul braccio. «No.»

«Okay.»

La sua espressione stupita è comica. «Davvero?»

«Sì, davvero. Giocherò da solo. Vuoi guardare?»

Sara scoppia a ridere.

Sarà una tortura. La desidero ancora di più adesso che ho assaporato un bacio. Posso essere paziente. Davvero. Ne sono capace.

«Metti i soldi nella tua cassaforte e poi me ne andrò» le dico.

«Ma allora saprai dove nascondo i miei soldi.»

«Pensi davvero che abbia intenzione di derubarti?»

Le sue guance si tingono di rosa. «Scusa. No. Sono naturalmente diffidente nei confronti della gente.»

«Io non sono la gente. Io sono il tuo eroe.»

Sara agita le dita dirigendosi verso il suo cucinino. «Continui a ripeterlo.»

«Perché è vero.»

La guardo togliere la cassetta dal forno. Non un cattivo posto dove nasconderla visto i pochi nascondigli possibili in questo appartamento.

Lei raccoglie i soldi e le *fiche* dal trolley, li mette sul tavolino e poi si siede sul futon con la cassettina, sul punto di formare la combinazione. «Non guardare.»

Mi siedo accanto a lei sul futon e mi metto una mano sugli occhi. «Il tuo codice segreto è al sicuro con me. Fammi indovinare, il compleanno di Chloe.»

«Come facevi a saperlo?»

Lascio cadere la mano. «Me l'hai appena detto tu e non è difficile da indovinare. Usa qualcosa di insolito.»

«Ma allora come farei a ricordarlo?»

«Lo ricorderai perché è importante.»

Lei apre la cassetta e ci infila in fretta le mance di questa sera. Noto pile di banconote da cento avvolte negli elastici e alcune carte che spuntano in fondo. Un momento... sono quello che penso che siano?

La fisso, sbalordito. «Le hai ancora. La coppia di due

rossi.» Deve significare qualcosa. Le tiene nella cassetta di sicurezza come se fossero qualcosa di prezioso. Sperava che ci saremmo riuniti un giorno?

Sara arrossisce violentemente, sbircia dentro la cassetta e fa scivolare in fretta le carte sotto le banconote. «Ho bisogno di una cassetta più grande.»

Mi chino verso di lei. «Hai finto di non ricordare il patto, ma hai tenuto la coppia di carte.»

Sara si morde il labbro. «Sono le mie carte fortunate.»

«Perché?» Per la prima volta mi sento fiducioso. Come se fosse un segno che eravamo destinati a stare insieme. Pensavo mi avesse escluso per sempre dalla sua vita finché non sono piombato di nuovo nella sua, ma forse non mi ha mai dimenticato, proprio come non l'ho dimenticata io.

Sara chiude in fretta la cassetta di sicurezza. «Mi ricordano tempi più semplici quando credevo negli eroi.»

Le appoggio la mano sulla nuca, tirandola vicino e la bacio sulle labbra. «Adesso sono qui.»

Sara si stacca e resta lì, con la cassetta stretta al petto. «È diverso adesso. Io sono diversa. Dovresti andare.» Va in cucina e rimette la sua cassetta nel forno.

Non so che cosa dire o fare, ancora scosso dalla scoperta che Sara ha tenuto le carte. Si è tenuto stretto il nostro legame.

«Per favore, vai» dice a bassa voce.

Mi alzo. «Vado, ma tornerò.»

Sara alza la mano per un breve saluto e si volta, ma non prima che abbia visto il luccicore delle lacrime nei suoi occhi. Mi fermo. Perché le lacrime? Deve provare qualcosa per me. Perché la cosa la sconvolge tanto? Pensa che stia andandomene per sempre? Perché se c'è qualcosa tra di noi, qualcosa di vero, sono disposto a vedere dove porta. Sono combattuto, non so se prenderla tra le braccia oppure darle lo spazio che chiede.

Vado verso la porta, dandole un'ultima occhiata. Adesso ha le braccia incrociate sul petto, come se si stesse abbracciando. Non posso lasciarla così.

Vado nuovamente da lei, le alzo il mento e la bacio dolcemente. «Sono felice di averti rincontrato e, se me lo permetterai, vorrei continuare a far parte della tua vita.»

I suoi occhi verdi sono lucidi e ha le labbra strette. «Ade, sono cambiata. Non posso avere una relazione. Sono a pezzi.»

Le accarezzo i capelli. «Io dico sempre che le relazioni sono una scommessa persa, ma ci conosciamo da così tanto tempo che non è nemmeno giusto chiamarla relazione. È più come se avessimo ripreso da dove ci eravamo lasciati.»

Lei mi fissa, con le sopracciglia aggrottate, pensierosa.

Vorrei dire di più, che non sono mai riuscito a impegnarmi con qualcuno, e che forse era perché nessuno reggeva il suo confronto. Forse sto esagerando l'importanza di quel paio di due che ha tenuto, ma sembra così giusto…

Le metto la mano sulla guancia e i suoi occhi si addolciscono. Decisamente prova qualcosa per me. «Ho tenuto anch'io il mio paio di cinque.»

Sara arrossisce, deglutendo. «Davvero?»

«Ovvio. Avevamo un patto.» Le do un bacio, breve e forte e me ne vado prima che mi catturi un'altra volta.

~

Sara

Ieri notte con Adrian le cose sono diventate intense. Non riesco a credere che abbia tenuto la sua coppia di cinque! È possibile che sia rimasto attaccato alla nostra fantasia condivisa, proprio come me? Ha portato anche a lui una luce nei tempi più bui? No. Adrian non ha avuto tempi bui. Vive una vita dorata, è un principe con una grande famiglia amorevole, che fa ciò che vuole. Dice di voler far parte della mia vita, ma so che è legato a Villroy, e io non voglio tornarci, mai più. È semplicemente troppo penoso, con il ricordo dei miei genitori. Non posso affrontare nuovamente quel dolore. Non posso. È stato abbastanza difficile la prima volta. Inoltre adesso le cose vanno bene con il mio giro di partite di poker e non potrei mai lasciare Chloe.

Non posso lasciare che si avvicini tanto da rendere doloroso l'addio. Adrian ha deciso di restare un giorno in più e sto cercando di non dare troppa importanza a questa decisione. Devo mantenere un rapporto amichevole tra di noi e tornare alla mia vita.

Adrian si è presentato questa mattina, proprio come aveva detto. In parte ne sono stata contenta, perché mi era mancato quando se n'era andato, ieri sera, e in parte sono irritata perché sta controllando come gestisco la mia attività. Oggi è il giorno del recupero delle perdite e del pagamento delle vincite e siamo sulla sua Mercedes a noleggio mentre vado al mio primo appuntamento. La sua guardia del corpo, Jack, è davanti, sul sedile del passeggero. Adrian non sa che cosa significhi essere veramente da soli e sapere di non poter dipendere da nessun altro.

Indico all'autista, Bill, di parcheggiare a una breve distanza dal palazzo di arenaria dove sto andando e poi scendo dall'auto, sentendo gli occhi di Adrian su di me. Probabilmente conterà i minuti in cui resterò dentro. Lui e la sua guardia si precipiteranno nel palazzo se non sarò fuori in un tempo che giudicheranno appropriato. Reprimo un sospiro. Non sono abituata ad avere qualcuno che metta in dubbio le mie decisioni. Sinceramente, questi uomini non sono pericolosi. Okay, ho avuto un momento di incertezza con Sergei, un'altra volta, durante un incasso, ma solo perché stava cercando di ottenere un appuntamento. Comunque ha fatto un passo indietro. Ovviamente è una buona idea avere qualcuno che stia di guardia al denaro mentre l'ho con me e vado da un posto all'altro, ma non posso proprio giustificare la spesa sapendo che la retta del college di Chloe è così alta.

La prima visita va liscia e non posso fare a meno di farlo notare ad Adrian quanto torno in auto. «Te l'avevo detto. Niente di problematico. Rendo la visita spensierata e piacevole.»

La sua espressione non rivela niente, ha la sua faccia da poker saldamente al suo posto. «Certo. Me lo dirai quando saremo a casa di Sergei.»

«Non è un buon perdente. Questo non significa che non pagherà. È pieno di soldi.»

«Digli che adesso stiamo insieme.» Lo dice senza mezzi

termini, come se si aspettasse che ubbidisca. Mi fa drizzare il pelo. È già abbastanza brutto che abbia ficcato il naso nei miei affari; adesso sta dandomi ordini.

«Non ho intenzione di dirlo. Comunque tu partirai tra due giorni, quindi non sarebbe un deterrente.» Sbuffo. «Sai che questi tuoi modi autoritari possono funzionare con tua sorella, ma con me non attacca. Sto operando benissimo da sola da parecchio tempo.»

Adrian mi mette una ciocca di capelli dietro l'orecchio, con un gesto tenero e dice, con la sua voce profonda e calda: «Vorrei averti conosciuto allora. Mi sembra di aver perso tanto.»

Ho un nodo in gola, difficile da mandar giù. In qualche modo riesce così facilmente a demolire le mie difese. «Allora non avresti voluto conoscermi. Era un inferno e non era divertente starmi attorno.»

«Avrei potuto aiutarti.»

«Nessuno avrebbe potuto aiutarmi, credimi. Ci hanno tentato. Mio zio, gli assistenti sociali a scuola, i miei insegnanti. Ho dovuto tirarmi fuori da sola e l'ho fatto occupandomi di Chloe, per fortuna di entrambe.» Mi appiccico un sorriso sul volto e punto un dito verso me stesa. «Ritieniti fortunato di aver incontrato la nuova Sara, tutta rimessa a nuovo.»

Nei suoi occhi c'è tanta compassione che devo distogliere lo sguardo. Detesto la pietà. Ne ho subita fin troppa nella mia vita, insieme ai sussurri. «Quelle povere ragazze Travers. Un tale peccato e lo zio non è di molto aiuto.»

Mi sforzo di tornare con la mente agli affari. Lo stop seguente va ancora liscio. Questa volta reprimo il "te l'avevo detto", ma di sicuro lo penso.

Qualche minuto dopo, dico all'autista: «Svolti a destra allo stop. È alla fine del prossimo isolato.»

«È la casa di Sergei?» chiede Adrian.

Sono un po' sorpresa che abbia indovinato. «Come fai a saperlo?»

«Perché c'erano solo tre persone che ti dovevano dei soldi,

una volta raccolte le quote d'ingresso e abbiamo già visitato due di loro. Processo di eliminazione.»

«Sei un tale furbone. Resta qui.»

Lui alza un sopracciglio ma non dice niente.

Quando arrivo a casa di Sergei, suono il campanello e aspetto davanti alla porta d'ingresso. Sento dei passi leggeri dietro di me e mi volto di colpo, sul punto di dire ad Adrian di andarsene, ma si tratta di Jack.

«Devo accompagnarla dentro, signora» dice.

«Non può. Non riuscirò a incassare con un'altra persona presente.»

La sua espressione è inflessibile. «Resterò sullo sfondo, assolutamente discreto. Non lo guarderò nemmeno.»

Ringoio un gemito. «Vada via per favore. Sta per rendere le cose molto più difficili.»

La porta si apre ed è Sergei, non la governante. «Buongiorno, Sara. Sembra che abbia portato dei rinforzi con te. Non ti fidavi che avrei onorato il mio debito?»

«Certo che mi fido di te. Il mio…» quasi mi soffoco con la parola, «… boyfriend è follemente protettivo e ha insistito che oggi mi accompagnasse la sua guardia del corpo.» Io non ho boyfriend. Ho dei conoscenti.

«Il principe Adrian è il tuo boyfriend?»

Annuisco. È tutto ciò che riesco a fare.

Sergei mi guarda con gli occhi socchiusi. «Avevi detto che non saresti mai uscita con un giocatore. Ora mi stai dicendo che il principe Adrian, un giocatore, è quello con cui stai.»

«È un ospite temporaneo, non un giocatore permanente. Ci conosciamo da moltissimo tempo.»

Lui guarda su e giù per la strada e individua la Mercedes ferma in evidenza qualche porta più in là. «È lui?»

Prima che possa negarlo, Sergei esce e va direttamente alla macchina, bussando sul finestrino dell'autista.

Adrian scende dal sedile posteriore. «Come va?»

Sergei incrocia le braccia, gambe larghe in posizione di combattimento. «Va di merda. Ho perso due partite di fila e ora ci sono tre persone qui a testimoniarlo. Voglio che ve ne andiate tutti.»

Lo sguardo di Adrian diventa di ghiaccio. «Paga e ce ne andiamo.»

Sergei si volta e si precipita dentro casa. Gli corro dietro, ma mi sbatte la porta in faccia. Sento il rumore della serratura. Cazzo.

Continuo a suonare il campanello. Mi deve troppi soldi perché me ne vada. Centomila dollari. Coprirlo mi lascerebbe sul lastrico. Fisso torva Adrian, che è lì vicino sul marciapiede. «Hai incasinato tutto!» gli urlo. «Non ho mai avuto un problema prima d'ora.»

«C'è sempre stata questa possibilità» dice lui con calma.

Mi volto e batto sulla porta. Mi apre la sua governante, la signora Davies. «Mi dispiace, signorina Sara. Sergei non riceve visite in questo momento.»

«Per favore. Devo solo parlare con lui.» Apro la borsetta e prendo un biglietto da cento dollari, frutto del mio ultimo stop, e glielo premo in mano. «Per il suo fastidio.»

Lei mi rivolge un'occhiata disgustata e me lo restituisce. «Perderò il lavoro se non eseguirò gli ordini.»

Le passo accanto di forza e corro lungo in corridoio. Probabilmente è nel suo studio. «Sergei!»

Sento dei passi dietro di me. Oh merda. È come una parata, Jack, Adrian e la signora Davies mi stanno seguendo di corsa. «Restate indietro» urlo. «Si tratta di affari!»

Trovo lo studio e Sergei è lì, seduto alla sua scrivania. Chiudo in fretta a chiave la porta alle mie spalle. «Mi dispiace per prima. Siamo solo tu e io adesso. Sistemiamo le cose e sarà tutto a posto per giovedì.»

Qualcuno bussa alla porta. «Andate via!» grido.

«Le ho detto di non entrare» dice la signora Davies attraverso la porta. «Mi dispiace molto signore. Mi ha sopraffatta ed è entrata di forza.»

Sergei mi dà un'occhiata cupa. «Quella è un'amica di mia zia.»

«Non l'ho sopraffatta» sussurro ferocemente. «L'ho solo superata di corsa.»

«Per favore, ci lasci soli» ordina Sergei abbastanza forte da farsi sentire dalla folla dall'altro lato della porta.

La signora Davies risponde piano: «Come desidera signore.»

Lui guarda cupo la scrivania.

«Va tutto bene» dico, avvicinandomi cautamente. «Sono sicura che la prossima partita andrà benissimo. Le probabilità sono a tuo favore, giusto. Può solo andare meglio.»

Lui sospira forte. «Non ho i soldi.»

Mi sento sprofondare lo stomaco. «Che cosa significa che non hai i soldi?»

Lui alza la testa. «Ho dato a Yuri le mie ultime riserve per quell'affare immobiliare. Tutto il resto è andato. Devi capirmi. Il suo investimento per me vale di più che non pagare un debito di gioco.»

Cerco di trattenere la rabbia. «Sergei, se tu non paghi, i vincitori non riceveranno tutte le loro vincite. Se ne andranno. Il mio giro di poker finirà.»

Lui alza una spalla incurante. «Comunque non voglio che Ivan abbia i miei soldi. Sta facendo lo sbruffone, con la sua villona e i suoi gemelli di diamanti.»

Perdo il controllo. «Indossava jeans e una t-shirt. E anche tu hai una villa!»

«L'ho visto con i gemelli di diamanti. E la mia casa non è una villa. Ho bisogno più io di lui di soldi.»

Faccio un respiro profondo. «Non posso coprirti. Ecco tutto. Se non paghi, non potrai più giocare.»

Lui alza una spalla, indifferente. «Il tuo boyfriend può prendere il mio posto.»

Cerco di calmarmi. «Questo non cancellerebbe il tuo debito. Ascolta. Che ne dici di pagare la metà? Puoi coprire la metà?»

Lui alza le mani. «Temo di no. Per favore, chiudi la porta quando esci.»

«Sei fuori» dico con la voce bassa e controllata. «Ho una lista d'attesa. Avrei preferito che non finisse così.»

«Affari» dice. «A volte vanno bene, a volte vanno male.»

Giuro che mi sta fregando per vendicarsi del fatto di averlo respinto. Volto sui tacchi e vado alla porta. Ho la mano sulla maniglia quando dice. «Chiamami quando il tuo boyfriend ti lascerà di nuovo da sola. Ora che non sono più un giocatore, potrai stare con me.»

Lo sapevo! È arrabbiato perché l'ho respinto e vedere lì Adrian ha peggiorato le cose.

Scuoto la testa e mi volto. «Non starò mai con te.»

«Ci tengo ancora a te, Sunny Sara.»

Bleah.

Apro la porta e trovo Adrian e Jack in piedi appena fuori. Adrian sa. Aveva detto che sarebbe successo, che una volta o l'altra non mi avrebbero pagato e sarei rimasta a bolletta. Ho sempre saputo che era un rischio coprire di persona le scommesse, ma ero sempre riuscita a cavarmela. Solo che questa volta avevo un entourage con me e tutto è andato a catafascio. Avrei potuto convincere Sergei se non avessi avuto dei testimoni curiosi con me. L'ho irritato.

Passo accanto ad Adrian ed esco. Che schifo. Tutte le volte che riesco a fare un passo avanti, qualcosa mi tira indietro e mi ritrovo al punto di partenza.

Adrian mi raggiunge sul marciapiede. «Ti aiuterò io a coprirlo.»

«No! Hai già fatto abbastanza.» Guardo lungo la strada. «Vado a casa a piedi.»

«Dai. Sapevi che c'era questa possibilità. Che a un certo punto un giocatore non avrebbe pagato. Ed è successo.»

«È successo perché c'eri tu, e la tua guardia del corpo. Avrei potuto farmi pagare.»

Lui scuote la testa. «Pensi che flirtare con i giocatori farà in modo che sputino i loro soldi? Può arrivare solo fino a un certo punto. Specialmente dopo averlo respinto.»

Urlo, frustrata. Mi volto e mi metto a camminare lungo la strada.

Adrian tiene il passo con me. «Sara, hai più di mezzo milione di dollari nella borsa e pensi di poter semplicemente tornare a piedi, da sola, nel tuo appartamento?».

«Zitto. Nessuna sa che cos'ho se tu non lo sbandieri in giro.»

«Silvia era preoccupata per te e ora lo sono anch'io.»

Mi fermo. «Non capisci? Non ho *niente* da perdere e tutto

da guadagnare. La mia vita precedente faceva schifo, okay? Avevo due lavori, ero continuamente esausta e tutto per una paga da fame. Forse è una cosa che un principe non sa, vivendo su a palazzo, ma per la gente qui, nel mondo reale, è così che va. Lavori, lavori, lavori e guadagni appena a sufficienza per pagare i conti. Lavoravo in un ufficio e facevo la cameriera. Due lavori! E riuscivo a malapena a sopravvivere. Portavo a Chloe il pasto gratuito che mi davano al ristorante, perché non potevo permettermi di comprare da mangiare. Riesci a immaginarlo?»

I suoi occhi sono nuovamente pieni di compassione. «Sembra dura.»

«Ah, credi? Oppure, diventi creativo, affronti un rischio e finalmente arrivi da qualche parte. Ed era lì che ero, e ora stai tentando di trascinarmi nella melma un'altra volta.»

«Hai finito?»

Sbuffo. «Sì, credo di avere detto tutto.»

«Sali in auto.» La sua voce è imperiosa e arcigna.

Io esito.

«Se non lo fai, la mia auto ti seguirà fino a casa, quindi tanto vale che scelga la via più facile.»

Chiudo gli occhi per un momento. «Bene. Fai schifo.»

«Grazie.»

Salgo in auto e lui mi segue, mi prende la mano e la stringe. Ho gli occhi bollenti. Ricordo ancora quando mi aveva tenuto per mano per tutta la strada verso l'ambulatorio, quando ero ferita e terrorizzata dai punti che mi avrebbero messo alla caviglia. Ci tiene a me ed è passato tanto tempo da quando mi sono sentita così. Mi sento tremare lo stomaco, senza sapere se posso fidarmi di questa sensazione abbastanza da goderne.

«Ascolta, voglio che cadi in piedi» dice. «Non ti voglio nemmeno io nella melma. Torna a Villroy con me. Mi saresti utile per il casinò. Ho bisogno di un direttore di sala. Qualcuno che ne capisca di gioco d'azzardo e che possa mettere a suo agio il personale. Ti darò un salario generoso; potrai stare a palazzo in una delle stanze degli ospiti. Andremmo avanti e indietro insieme. Sarà molto più facile e *sicuro* di quello che stai facendo qui.»

Mi sento gelare. Villroy è l'ultimo posto dove voglio stare. «Io sto in piedi da sola e non ho bisogno di carità.»

«Mi faresti un favore. Ho bisogno di un braccio destro. Sono così stufo di tutte le telefonate, messaggi, email, e lavorare con il personale su base quotidiana non è il mio forte. Voglio poter lavorare sulle strategie per la gestione del casinò e per portare più gente. Tu saresti brava. La tua esperienza è perfetta. Hai esperienza d'ufficio, sei uno squalo a poker e hai fatto la cameriera? Sei la candidata dei miei sogni.»

Rido un po'. Nessuno ha mai parlato di me come di un sogno, in nessun contesto. «Non posso. Chloe ha bisogno di me.» È vero. È responsabilità mia. E Villroy? No. Mai. Vorrei averlo superato, sono passati dodici anni da quando ho perso i miei genitori, ma non ci sono riuscita. Anche adesso mi sento stringere il petto solo pensando a loro. Non posso perdere nuovamente il controllo per gli attacchi di panico.

Adrian insiste. «Chloe è all'università. È un'adulta.»

Scuoto la testa. «Per noi è diverso. Lei ricorda appena i nostri genitori. Aveva solo sei anni quando sono morti. Sono come una madre per lei. Vado a trovarla una volta la settimana, ci mandiamo continuamente messaggi. Ha bisogno di sapere che sono a un breve percorso in treno da lei. Sono tutto ciò che ha.»

Adrian mi guarda negli occhi per un lungo momento. «Promettimi che ci penserai.»

Sospiro. «Okay. Ci penserò.» Ma so già che non posso lasciare Chloe e non posso affrontare il ricordo dei miei genitori a Villroy. Erano i momenti migliori, i più felici che aveva avuto la nostra famiglia e mi farebbe troppo male sentire la loro mancanza laggiù. Sento il petto che si stringe e lascio andare il fiato che non mi ero resa conto di aver trattenuto. È quello che faccio. Smetto di respirare quando il loro ricordo diventa troppo intenso. *Inspira, espira. Sei calma.*

E poi Adrian mi sorprende, mettendomi un braccio intorno e tirandomi vicina. Appoggio la testa sul suo petto. Per un momento sono paralizzata dallo shock. Mi liscia i capelli con l'altra mano e mi sorride con i suoi dolci occhi nocciola.

Oh Dio. Sto per mettermi a piangere. Chiudo stretti gli occhi, ordinando alle lacrime di andarsene. Non posso abituarmi. Sarebbe troppo penoso dire addio.

Faccio per alzarmi e il suo braccio si stringe intorno a me. «Solo ancora un attimo» mormora. «Mi sei mancata. Ogni donna che ho incontrato dopo di te impallidiva al confronto.»

Ho il cuore che batte come un tamburo. Non riesco a credere a quello che ha appena detto. È così dolce, così... romantico. Non riesco nemmeno più a essere arrabbiata perché ha incasinato tutto con Sergei.

Ho le parole sulla punta della lingua. *Mi sei mancato anche tu.* Ma non riesco a parlare con il groppo che ho in gola. Per tanto tempo ho evitato i legami con qualunque cosa mi ricordasse le estati con la mia famiglia a Villroy, ma incontrare Adrian qui, nel mio territorio, ha reso tutto molto più facile.

Mi rannicchio contro di lui per sentire il suo profumo: spezie e uomo. Una brava persona. Forse è lui la ragione per cui non sono mai rimasta con un uomo. Stavo solo aspettando di incontrarlo di nuovo.

7

———

Adrian

Quando Sara ha distribuito le vincite, attingendo alla sua riserva di contanti nonostante la mia offerta di aiuto, sono andato a trovare la mia gemella a Manhattan, a pranzo. Silvia è sempre lei, affettuosa, entusiasta, e mi ha invitato a cena da lei per questa sera, insieme a Sara e Chloe. L'ha definita una festa improvvisata. Le ho detto di fare i preparativi, che ci sarei stato. Per Sara sarà più difficile dire no all'invito di Silvia che non al mio. So che sono stato insistente, ficcando il naso nella sua vita, ma è l'unico modo per me di capire che cosa sta succedendo con il suo giro e i suoi giocatori. Resterò un giorno in più per partecipare alla partita di Sara di giovedì.

Okay, è lei il motivo per cui resto. Voglio più tempo per convincerla a prendere in considerazione il lavoro al casinò.

Ho un'altra cosa da fare, ed è una cosa grossa: Silvia mi ha dato l'indirizzo di mio cugino Dylan. Vive a Brooklyn, lavora nelle costruzioni per la ditta di suo zio. Una bella differenza da quella che sarebbe stata la sua legittima eredità. Se suo padre non avesse abdicato al trono, Dylan sarebbe stato il principe ereditario, erede al trono di Villroy. È il primogenito. Dovrebbe essere lui il re. Ha un anno più di Gabriel, il nostro attuale re.

Gli mando un messaggio mentre torno al mio albergo.

Salve, sono Adrian, il gemello di Silvia Rourke. Mi ha dato lei il tuo numero. Sono in città e speravo di incontrarti. Volevo chiederti di alcune persone del posto che partecipano alle partite di poker di un'amica.

Ricevo un messaggio qualche ora dopo. È semplicemente un indirizzo a Brooklyn. Alle cinque.

Okay, non esattamente amichevole, ma forse è occupato al lavoro. La cena di Silvia è alle sette. Forse potrei invitare anche lui. A lei non dispiacerebbe.

Gli mando un veloce messaggio. *Ci vediamo alle cinque.*

Arrivo in orario all'appuntamento ed è un cantiere sul lungomare. Sta uscendo una grossa squadra di operai perché è ora di chiusura. Non so qual è Dylan. Cerco qualcuno che assomigli alla mia famiglia. Alto, capelli scuri, forse con i famosi occhi acquamarina dei Rourke. Mio padre ha sempre detto che sono il marchio dei veri governanti di Villroy perché hanno lo stesso colore del mare che c'è lì. Silvia, Emma e io abbiamo ereditato gli occhi nocciola di nostra madre. Meno male che siamo nati più in fondo alla linea ereditaria, altrimenti avremmo mandato all'aria quella superstizione.

Mando un messaggio a Dylan. *Dove sei? Sono qui.*
Vieni al Tazza Café.

Mi guardo attorno e vedo il caffè dall'altra parte della strada. Ci vado con la mia guardia del corpo, Jack, che mi segue, ed entro. Non vedo nessuno che sembri lavori nelle costruzioni, solo qualche tipo hipster che lavora sul laptop. Ora mi sto irritando.

Trovo un tavolo in fondo e gli mando un messaggio per fargli sapere dove sono seduto. Jack resta nell'angolo vicino a me.

Finalmente entra un tipo che penso possa essere lui. È sui trent'anni, alto e in forma, con una maglietta azzurra con scritto Byrne Construction, jeans e stivali neri da lavoro. I capelli neri sono lunghetti, gli zigomi scolpiti e la mandibola squadrata è coperta da una barba corta e curata. Ha un tatuaggio tribale sul bicipite che spunta dalla manica. I membri della famiglia reale non possono avere tatuaggi, nel mio regno. È considerato una dissacrazione del corpo e non potrebbero essere sepolti nel mausoleo reale. Dylan ha inconsapevolmente fatto sì che in morte gli sia negato il posto che gli è stato negato in vita. Mi colpisce, è terribilmente ingiusto. Non ci avevo mai pensato molto prima. Era semplicemente un fatto: la famiglia di mio zio era stata esiliata. Erano un'idea sfocata nella mia mente, non c'erano fotografie loro a casa, ma vederlo qui, in carne e ossa, mi fa capire quanto sia sbagliato.

Sento una scarica di adrenalina e mi alzo. Sto per conoscere mio cugino! «Dylan?»

Lui viene verso di me e si ferma. I suoi occhi sono di un azzurro penetrante, non l'acquamarina dei Rourke. Mi fissa per un momento, studiandomi. «Non sei carino come la tua gemella.»

Esplodo in una risata. «Essere carino non è la mia massima aspirazione.» Indico il tavolo. «Siediti.»

«Prima vado a prendere un sandwich. Vuoi qualcosa?»

È stranamente informale nonostante sia il nostro primo incontro. Forse è per coprire l'imbarazzo o forse è veramente un tipo disinvolto e rilassato.

«In effetti, Silvia ha invitato me e un paio di amiche a cena stasera. Sarei lieto se venissi anche tu.»

Non accetta né declina. «Ho saltato il pranzo. Devo mangiare qualcosa.»

«Io prendo un espresso, grazie.» Prendo il portafogli, ma lui alza una mano, rifiutando.

Mi siedo. Un altro momento surreale, il cugino che non ho mai conosciuto che mi offre un espresso. Il mio primo momento surreale è stato vedere Sara Travers dopo tanti anni. Sono entusiasta di incontrarlo e spero di conoscere anche i suoi fratelli e i suoi genitori.

Lui si siede davanti a me qualche minuto dopo, spingendo un espresso verso di me sul tavolo. «Quello è il tuo gorilla?» chiede, indicando Jack con il mento.

«Ho una guardia del corpo, sì. A volte la gente è un po' troppo entusiasta. Non ho avuto problemi da quando sono arrivato a New York.»

Lui dà un morso al sandwich di roast beef. Dopo aver

masticato dice: «Già, dai loro un po' di tempo. Se mostri in giro la tua faccia, i paparazzi arriveranno.»

Bevo un sorso di caffè, pensando a come tornare alle cose fondamentali. Voglio dire, è un momento significativo, cugini che si incontrano per la prima volta. «È bello conoscerti. Silvia mi ha parlato di te e dei tuoi fratelli. È strano avere dei cugini che non ho mai incontrato.»

Lui mi guarda negli occhi. «Non così strano. La tua famiglia ci ha cacciato fuori a calci, per sempre. Direi che cancelli l'idea di una riunione amichevole.»

Mi chino in avanti. «Le cose sono diverse adesso a palazzo. Mio fratello Gabriel è il re adesso. Sua moglie è americana, una donna terra a terra. Forse, ora che sono loro al governo, sarebbero favorevoli a che tu e la tua famiglia veniste a trovarci.»

Lui sbuffa. «Già.»

«Davvero. Ci penserò io. Dovreste vedere da dove venite.»

Lui da un grosso morso al sandwich e mastica.

Io insisto. «Silvia dice che hai incontrato un paio di volte mio fratello Phillip. Quindi adesso conosci già tre di noi sette. Il resto è okay.»

Lui mastica e poi beve un sorso d'acqua. «Sì. Phillip è qui spesso. Silvia ha insistito che lo incontrassi. È un po' spocchioso per me.»

«Lavora per le comunità povere per portar loro acqua pulita. Non è veramente spocchioso. È l'ambasciatore delle Nazioni Unite per l'acqua pulita.»

Dylan non sembra impressionato. «Un incarico dato alle facce famose. È l'erede di ricambio, vero?»

«Lo era, prima che nascesse la nuova erede. Gabriel ha una figlia di un anno adesso, Mila.»

Lui torna a mangiare. Alla fine dice. «Hai detto tutto.»

Magari mi darò da fare per una riconciliazione partendo dal mio lato della famiglia. Per vedere se Gabriel riesce a fare qualche passo avanti. Dylan mi ricorda un po' Gabriel, sia come aspetto sia come modi: diretti e autoritari.

Torno al mio scopo originale. «Una mia amica sta gestendo un giro di partite di poker qui a Brooklyn e speravo tu potessi sapere qualcosa su alcuni russi di qui che partecipano alle partite.»

«Perché?»

«Perché voglio essere sicuro che siano puliti.»

Lui beve un lungo sorso d'acqua. «C'è una vasta comunità russa nell'area di Brighton Beach. Brava gente, tutta casa e famiglia. Certo, la mafia russa c'è, ma c'è anche un mucchio di gente perbene.»

«Non penso che vengano da lì. Sono nuovi immigrati, hanno ancora un accento. Molto ricchi, giovani, vivono nell'area di Park Slope e non so dove altro.»

Lui alza un sopracciglio. «Hai dei nomi?»

«Solo un paio.»

«Bene, parla.»

«Sergei Rivkin e Yuri Petrov.»

«Non conosco Sergei. Ma Yuri sì. Se è chi penso che sia, suo padre è un pezzo grosso nel campo dello sviluppo immobiliare.»

«Sì, lo ha accennato.»

Dylan scuote la testa. «Mio zio ci ha detto di non lavorare mai ai suoi progetti. Suo padre fa dei debiti enormi, gioca con i soldi degli altri e poi non paga gli appaltatori. Fa fallire della brava gente. Io starei alla larga da quello.»

«Ha chiesto a tutti noi di entrare in un affare nel Queens.»

«Non te lo raccomanderei.»

«Sergei ci ha messo dei soldi, immediatamente.»

«Se Sergei è legato alla mafia, potrebbe essere un sistema per riciclare i soldi. Altrimenti ha fatto un pessimo investimento.»

Lo guardo mentre finisce il sandwich in due bocconi e poi svuota il bicchiere. Si pulisce la bocca con un tovagliolo e raccoglie la sua spazzatura su un vassoio. Ho la sensazione che stia per andarsene.

«Grazie per avermi incontrato, Dylan. Speravo di incontrare il resto della tua famiglia mentre sono qui. Mi piacerebbe veramente.»

La sua espressione è gelida. «Hai conosciuto me. È sufficiente.»

«Ma siamo una famiglia. Non credi che vorrebbero conoscermi?»

Lui stringe le labbra. «No. Non credo. Farebbe solo male.» Socchiude gli occhi azzurri. «Pensi che non sappiamo che cosa pensate di noi? Nostro padre ce l'ha detto. È stato buttato fuori e gli hanno detto che la sua gentaglia poteva restare a Brooklyn in esilio per sempre. Niente ricchezza né i privilegi associati al titolo. Nemmeno un appannaggio. Pensi che sia stato facile guadagnarsi da vivere partendo da zero, per un uomo educato per ereditare un trono?»

«Che cos'ha fatto?»

«Quello che doveva. Mio zio gli ha offerto un lavoro nelle costruzioni, chiedendogli di tenere la contabilità. Lavora in ufficio e si è fatto il mazzo per imparare tutto quello che poteva su questo mestiere. I miei fratelli e io siamo entrati appena siamo stati abbastanza grandi. Byrne Construction è un'azienda di famiglia. I Byrne sono la mia famiglia, la parte di mia madre. Non la vostra.»

«Mi dispiace veramente per come sono andate le cose a suo tempo, ma noi siamo la nuova generazione. Possiamo aggiustare le cose. Anche i Rourke sono la vostra famiglia.»

Mi guarda storto. «Non capisci proprio. Sarei stato io il re a suo tempo. Invece, sono qui a lavorare duro mentre voi vi godete la vita su a palazzo. Guarda, sono venuto qua oggi per rispetto verso Silvia. Lei mi piace. È tutta la famiglia Rourke per cui ho tempo.»

«Verrai a cena a casa sua stasera?»

Lui si alza. «Sono esausto, quindi no, passo.» Mette i piatti nel contenitore sopra il bidone e butta la spazzatura nel bidone. «Devo andare.»

Mi alzo e vado da lui. «Non è necessario che ci sia tanta amarezza tra le nostre famiglie.»

Lui piega la testa di lato. «Non è necessario, ma c'è e sappiamo entrambi di chi è la colpa. Ti farò sapere se scopro qualcosa su Sergei. Se non mi faccio vivo, vuol dire che va tutto bene.»

«Puoi dire a tuo padre che mi piacerebbe incontrarlo?»

Lui stringe i denti esattamente come fa Gabriel quando è irritato. «No.»

«Perché no?»

Lui parla a denti stretti. «Ha già sofferto abbastanza» dice, e se ne va a grandi passi.

Torno al mio tavolo e mi siedo con il mio espresso, pensieroso. Anche se chiaramente non era entusiasta di passare del tempo con me, mi è stato utile. E ha detto che si sarebbe fatto vivo se ci fosse stato un problema. Se avesse voluto restare assolutamente alla larga dalla mia famiglia, non mi avrebbe nemmeno incontrato.

Guardo il soffitto e sospiro. Qualche speranza c'è. Inoltre Silvia ha incontrato lui e i suoi fratelli. Forse è Silvia la chiave per unire le due famiglie.

~

Sara

Non credo di avere avuto una vita sociale così attiva da anni. Drink con entrambi i gemelli Rourke e adesso una cena a casa di Silvia. Mi sono fermata nel quartiere residenziale alla Columbia, per trovarmi con Chloe e siamo andate in metropolitana a Central Park South, dove vivono Silvia e suo marito. È una zona costosa, ma non di lusso come mi sarei aspettata da un membro di una famiglia reale. Pensavo che Silvia avrebbe comprato un appartamento multimilionario dove vivono i ricchi e i famosi. Avevo sentito dire che l'economia di Villroy, basata sulla pesca, era traballante e che l'avevano puntellata usando i prodotti di quell'industria per produrre cosmetici di alta gamma. La day-spa e il casinò sono stati creati rispettivamente per viziare e intrattenere gli ospiti, ma è cominciato tutto con i cosmetici.

Chloe non mi ha quasi rivolto una parola per tutta la strada perché sta studiando gli appunti di chimica organica sul telefono per un esame imminente. Questa ragazza mi preoccupa. Voglio dire, ha già superato la parte più difficile, entrare nel college che aveva scelto ed è stata esonerata dal dover sostenere parecchi dei corsi introduttivi di scienze. Ora che è arrivata, dovrebbe rilassarsi un po'.

Le do un'occhiata. Indossa la sua solita uniforme: cardigan, canottiera e jeans. È un sistema che va bene con qualunque tempo. A volte si toglie il cardigan, a volte se lo mette. Wow! I colori sono neutri, che mischia e combina. Oggi è un cardigan rosa sopra una canottiera beige chiaro. Non ha tempo da perdere per la moda. Ci assomigliamo: stessi capelli biondi e occhi verdi, solo che lei è minuta con zigomi fini e un arco nel labbro superiore che la fa sembrare un dolce angioletto. Una volta era un demonio scatenato. Adesso studia tutto il tempo.

«Okay, metti via il telefono» le dico, dandole una gomitata.

I suoi occhi lampeggiano. «Ahi!»

«Smetti di studiare. Stiamo entrando.»

Lei ficca il telefono nella borsa. «Non era il caso di darmi una gomitata!»

«Sì, invece, perché altrimenti non mi avresti sentita.» Sono io la mamma, solo che sono la sorella maggiore.

Resta zitta e vedo che sta mimando delle parole. Non è tipo da rispondere male. Probabilmente sta recitando formule scientifiche.

Le schiocco le dita davanti alla faccia per interrompere la trance delle formule. «Come va la scuola?»

«Fantastica! I miei consiglieri hanno elaborato un programma perfetto per farmi laureare sia in biologia sia in chimica restando nei tre anni.»

«Doppia laurea in tre anni? Perché non hai scelto la combinazione di biochimica?»

Sul suo volto appare un sorriso sereno. «Perché ci sono tantissimi corsi che voglio seguire, sia in biologia sia in chimica. Mi serve una doppia laurea.»

Ci fermiamo alla reception e do il mio nome. Questo posto una volta era un albergo, ora diviso in appartamenti.

«Silvia dice che scenderà tra un attimo» dice l'impiegato.

«Grazie.» Mi rivolgo a Chloe. «Sei già stata a qualche festa?»

«Sai che non sono tipo da feste. È una perdita di tempo.»

«Ti stai facendo degli amici? Qualcuno con cui passare il tempo?» Sono passate più di tre settimane da quando è cominciata la scuola e temo che abbia studiato per tutto il tempo.

«Ho un gruppo di studio. Siamo in cinque, a volte quattro.»

«C'è qualcuno carino?»

Chloe sbuffa. «Non sto cercando un ragazzo. Sono completamente concentrata sui miei obiettivi. Tre anni e poi punto alla facoltà di medicina di Harvard.»

E poi sarà rinchiusa in un laboratorio per farsi una carriera. «Forse potresti unirti a qualche club.»

«C'è un club di tutor, per aiutare gli studenti svantaggiati di scuola superiore.»

Quasi mi do una botta in fronte perché proprio non capisce. Non che ci sia qualcosa di sbagliato in un club del genere. Era anche lei una studentessa svantaggiata, non molto tempo fa. Voglio che incontri gente della sua età, solo per divertirsi.

Lei continua. «Ho intenzione di fare volontariato in ospedale. Comincerò il mese prossimo.»

Forse incontrerà un medico. Non sarebbe male, visto che vuol diventare un medico anche lei. Voglio solo che abbia un'esperienza relativamente normale al college: amici, ragazzi, magari qualche nottata un po' folle. Il tipo di esperienza che io non ho potuto avere. Voglio tutto per lei.

«Siete arrivate!» esclama una voce femminile.

Ci voltiamo entrambe e vediamo Silvia che ci sorride radiosa. «Grazie per essere venute con così poco preavviso!» Mi abbraccia e poi guarda Chloe. «Ma guardati, tutta cresciuta!» L'abbraccia e Chloe le restituisce un abbraccio piuttosto rigido.

Silvia si tira indietro. «Ti ricordi di me? Avevi solo cinque anni l'ultima volta che ti ho visto.»

Chloe strizza gli occhi. «Vagamente. Ricordo la spiaggia e che avevi una tenda bianca sotto la quale restavi seduta per tanto tempo con una pila di libri.»

Silvia sorride. «E ti aiutavo a costruire castelli di sabbia che tu distruggevi.» Ci indica di seguirla, la sua coda di cavallo ondeggia mentre cammina. Indossa una camicetta di seta rosa pallido e pantaloni grigio scuro, con stivali di camoscio alla caviglia. Sono lieta di essermi messa un pochino in ghingheri, con un maglioncino a maniche corte e lo scollo a V, jeans neri e ballerine nere. Normalmente indosso una t-shirt e shorts o jeans, a meno che stia lavorando. «Da questa parte per l'ascensore.»

La seguiamo.

«Mio fratello Adrian arriverà presto» dice Silvia a Chloe. «Lo ricordi? È il mio gemello.»

Chloe alza una spalla. «Vagamente. Giocava a carte con Sara.»

«E lo fa ancora, vero Sara?» chiede Silvia. «Mi ha detto di essere venuto con te a una serata di poker.»

«Più che altro si è autoinvitato» borbotto sottovoce.

Silvia ride. «Non è mai riuscito a rinunciare a una bella partita di poker. Non riesce più a giocare tanto adesso che gestisce il casinò.» Sorride a entrambe. «È meraviglioso. Non riesco quasi a credere di riuscire a vedere entrambe dopo tutti questi anni.»

Le porte dell'ascensore si aprono all'ultimo piano e la seguiamo in un appartamento d'angolo. La prima cosa che vedo è una vetrata a tutta parete che dà su Central Park. Il soggiorno è ampio e c'è una scrivania con un laptop, oltre a una zona con un divano di camoscio marrone e due poltrone turchesi intorno a un tavolino di vetro. Dall'altra parte c'è una zona pranzo con un tavolo di legno nero e sei sedie abbinate.

Dalla cucina adiacente esce una montagna d'uomo. Ha una barba piena, i capelli biondo scuro legati in una coda di cavallo bassa, è alto e pieno di muscoli. Sarei tentata di dire che è in territorio hipster, ma in verità assomiglia di più a un boscaiolo. Non sembra il tipo di uomo che immaginavo avrebbe scelto Silvia. Pensavo piuttosto a un topo di biblioteca come lei, un tipo accademico, ben rasato, capelli con la riga.

Silvia lo prende a braccetto. «Cade, ti presento le mie più vecchie e care amiche: Sara e Chloe. Questo è Cade.»

Mi si stringe inaspettatamente la gola. Silvia pensa a me come a una cara amica? E io che non sono nemmeno rimasta in contatto. Mi sento orribile. Mi ero creata un muro intorno, facevo di tutto per impedire di provare più dolore pensando a Villroy e ai miei genitori. Spero di non averle causato dolore cercando di proteggermi.

Cade sorride e stringe la mano a entrambe. «È bello conoscervi. Non ho avuto molto preavviso, quindi avremo pollo arrosto, patate e cavolo verde. Qualcuno è vegetariano?»

«No» rispondo.

«Io stavo pensando di provare» dice Chloe pensierosa. «Ma aspetterò dopo la nostra cena.»

La fisso. Questa è nuova. Non me ne ha mai parlato. Di solito mi dice tutto.

«Io ho provato per un anno al college» dice Cade. «Non sono riuscito a resistere. Compro solo carne da animali allevati al pascolo, ed è meglio per noi e per gli animali.»

Silvia gli mette le braccia intorno alla vita e gli dà una stretta. «Cade è il cuoco in casa. Io pulisco.»

Cade le dà un bacio. «Sarà meglio che controlli la cena.» Sparisce in cucina.

Vado verso le finestre che danno sul Central Park, sbirciando in cucina mentre passo. È piccola ma moderna, con elettrodomestici in acciaio inox e armadietti di legno scuro. Mi domando quanto sarà l'affitto, ma non lo chiedo. Sono sicura che sia molto di più di quanto posso permettermi.

«Ho preso dello champagne per festeggiare la nostra riunione» dice Silvia, portando la bottiglia e alcuni calici e appoggiandoli sul tavolino. «Aspetteremo Adrian per fare un brindisi.»

Suona il citofono interno.

Silvia lo indica. «Parli del diavolo ed ecco che arriva!» Chiama dabbasso dicendo di farlo entrare. Immagino che conosca la strada. Silvia torna da noi. «Oh, Chloe, preferisci dell'acqua frizzante? Dimenticavo che non hai ancora l'età per bere.»

«Un bicchiere non le farà male» dico io.

«Preferirei l'acqua» dice Chloe. «Ho intenzione di studiare fino a tardi stasera e ho bisogno di avere la mente lucida.»

Silvia sorride. «Sara mi ha detto che sei una studentessa modello. Hai intenzione di diventare un medico, giusto?»

«Sì» dice Chloe. «Voglio fare la ricercatrice medica. Ho intenzione di trovare una cura per il cancro.» Lo dice così, tranquillamente, senza minimamente vantarsi, con un'espressione mortalmente seria.

Silvia mi guarda, con le labbra atteggiate a un piccolo sorriso, prima di tornare a rivolgersi a Chloe. «Impressionante.»

«Non sto cercando di impressionare nessuno» dice Chloe. «Sto cercando di migliorare l'umanità.»

«Beh, qualcuno deve pur farlo» dice Silvia ridendo.

Chloe non ride. Non è tipo da scherzi, o sciocchezze di nessun tipo. Quel lato gioioso di lei è morto con i nostri genitori. Non posso biasimarla, ma avevo sperato che lo ritrovasse al college.

Bussano alla porta e mi volto mentre Silvia la apre. Sono Adrian e la sua guardia del corpo, Jack, che resta nel corridoio mentre Adrian entra e abbraccia sua sorella, guardandomi da sopra la sua spalla. Mi sento calda dappertutto. Non mi è mai successo prima d'ora, con una sola occhiata.

Adrian viene da me, si china e mi bacia sulla guancia. «Più tardi devo parlare con te.»

Divento immediatamente sospettosa. Sta nuovamente impicciandosi nel mio giro. Se sono cattive notizie riguardo ai miei giocatori, non voglio saperle. Lui non aspetta la mia risposta, voltandosi invece per salutare Chloe con calore.

«Ti ricordo alta così» dice, tenendo la mano all'altezza del suo ombelico, per mostrarle quant'era piccola. «E ora stai studiando per diventare un medico.»

«Esatto.»

«Com'è la Columbia?» le chiede.

Chloe si lancia in una particolareggiata descrizione dei suoi professori e dei corsi. Adrian ascolta con attenzione, e va a suo onore, perché non è sempre facile seguire quello che sta studiando.

Quando finalmente Chloe rallenta, Silvia ci dice di riunirci intorno al tavolino per un brindisi. «Anche tu, Cade!» dice al marito. «Porta anche la San Pellegrino.»

Ci raccogliamo intorno a lei e Silvia versa lo champagne, più un bicchiere di acqua frizzante per Chloe. Poi alza il bicchiere e aspetta che lo facciamo anche noi.

«Voglio solo dire che sono veramente contenta di essere tutti insieme ancora una volta e spero che sia la continuazione di una meravigliosa amicizia. A Sara e Chloe!»

«A Sara e Chloe» le fa eco Adrian con un caldo sorriso.

Sento una fitta di senso di colpa. Sono così gentili con noi. Avrei veramente dovuto mettermi in contatto prima.

Tocchiamo i bicchieri e beviamo. Chloe sembra un po' persa. Li ricorda appena. Io sì però, e significa molto.

«La cena sarà pronta tra cinque minuti» dice Cade.

«Trasferiamoci al tavolo da pranzo» dice Silvia, avviandosi con il suo bicchiere.

Adrian estrae una sedia e mi indica di sedermi. Buone maniere, da gentiluomo. Non riesco a evitare di sorridere. «Ve lo insegnano a quella scuola di addestramento principi?»

Spinge la mia sedia sotto il tavolo. «Ho decisamente sopportato la mia quota di lezioni di etichetta.» Si sposta per aiutare Chloe, ma lei si siede in fretta da sola. Non credo che abbia nemmeno notato il suo tentativo.

Adrian si siede di fronte a me e si rivolge a Silvia. «Parlando di sofferenze e riunioni, ho incontrato Dylan prima di venire qua.» Parla a me e Chloe: «È mio cugino, della parte della famiglia che è stata esiliata.»

«Com'è andata?» chiede Silvia. «Non è un tesoro burbero e ringhioso?»

Adrian stringe le labbra. «È burbero, sì, ma ha accettato di incontrarmi ed è stato utile. In ogni modo, l'idea di una riunione di famiglia non gli piace, ma io penso che sia ora. Con Gabriel e Anna al governo, penso che potremmo revocare l'esilio e dare loro il benvenuto a Villroy.»

«Ma a loro piacerebbe tornare?» chiede Silvia. «Ho incontrato Dylan e i suoi fratelli e sono stati abbastanza amichevoli, ma mi sono sembrati amareggiati ogni volta che ho menzionato casa.»

«Ragione di più per riaccoglierli tra noi.»

«Potresti tentare.»

«*Tu* potresti tentare. Dylan ha un'altissima opinione di te. Penso che tu potresti essere la dolcezza che riequilibra tutto l'amaro successo prima.»

Lei sorride e dice a me e Chloe in tono complice: «Mio fratello ha un'alta opinione di me.»

«Devi essere tu» dice Adrian.

Lei china la testa. «Tenterò. Prima devo parlarne con Gabriel e Anna.»

«Sai che Gabriel farebbe qualunque cosa per te.»

«Okay, okay!» esclama Silvia. «Come sei diventato prepotente da quando sei diventato il boss del casinò» dice con affetto, chiaramente fiera di suo fratello.

«E parlando del casinò» dice Adrian rivolgendosi a me. «Hai pensato alla possibilità di tornare con me per dare un'occhiata al casinò? Mi piacerebbe avere la tua opinione sulla sua gestione.»

Sento improvvisamente freddo, ho una morsa intorno al petto. *Respira!* La verità è che tutto il dolore tornerà a inondarmi, ma non posso ammettere che ho troppa paura per affrontarlo. Voglio che pensi che sono forte, capace e che ho superato tutto. Sono morti dodici anni fa. Non dovrei esserne ancora così schiava.

«Sara?» insiste Adrian.

Guardo Chloe e mi rendo conto di avere una ragione perfettamente legittima per non andare: lei ha bisogno di me. «Non posso. C'è Chloe. Ha appena cominciato i corsi.»

Chloe mi guarda sorpresa. Le invio un tagliente messaggio telepatico. *È vero! Sono responsabile per te.*

«Solo per una breve visita» dice Adrian. «Chloe non vive nel dormitorio, adesso?»

«Sì.» Poi Chloe si rivolge a me. «Va bene se vai via per qualche giorno. In effetti, a me andrebbe bene se volessi restare più a lungo.» Si infila i capelli dietro le orecchie, con le guance rosse. «Non sono più una bambina, Sara.»

L'ho messa in imbarazzo. «Lo so. Ma se avessi bisogno di qualcosa? E la nostra cena settimanale?»

Chloe dice lentamente e chiaramente: «Andrà. Tutto. Bene.»

Ora sono io quella imbarazzata. Ho le guance in fiamme. Sembra quasi che non abbia più bisogno di me. Com'è possibile? Chloe dipende da me in tutto da quando aveva sei anni. Fa male più di quanto pensassi possibile, un dolore sordo, vuoto, in petto. L'unico legame che ho mantenuto nella mia vita si sta sgretolando. Fisso il tavolo, rivedendo mentalmente tutti i modi in cui sono stata presente per lei, aiutandola a studiare, cucinando per lei (o portandole la mia razione di cibo); sono stata la sua confidente, l'ho accompagnata dal medico e dal dentista, ho pagato i conti, comprato tutto ciò di cui aveva bisogno.

La scoperta devastante di non essere più una parte essenziale nella sua vita è interrotta dall'arrivo della cena. Riesco a malapena a concentrarmi sul cibo. Chloe non ha più bisogno di me. Sapevo che sarebbe successo, ovviamente, ma non così presto. Una volta alla facoltà di medicina, forse, o magari all'ultimo anno di college. Non adesso, dopo sole tre settimane dall'inizio del primo semestre. È per questo che era così silenziosa stasera?

Le do un'occhiata mentre mangia con la sua solita studiata intensità; probabilmente sta pensando al suo esame di chimica organica. Lei ha voltato pagina mentre non guardavo. Adesso che cosa dovrei fare? Su chi posso riversare tutto il mio amore e le mie cure? Non c'è nessun altro al mondo di cui mi fidi abbastanza da aprirmi.

Forse dovrei prendere un cane o un gatto. *Noooo*. Non sarebbe la stessa cosa. Rivoglio la mia sorellina.

La cena passa senza che me ne accorga. Silvia chiacchiera abbastanza per tutti.

Io continuo a fissare Chloe. È felice? Ho fatto abbastanza per lei? È veramente pronta a stare per conto suo, senza di me?

Credo di aver fallito con lei. Le ho insegnato a lavorare duramente, ma ho dimenticato di insegnarle a godersi la vita.

Ma forse sono i suoi studi a renderla felice. Vorrei solo vedere un po' di gioia in lei una volta ogni tanto. Non l'ho mai vista giubilante dall'ultima volta in cui siamo stati a Villroy. Villroy potrebbe ridarmi un po' della vecchia Chloe?

Sono una sciocca. Non c'è niente di magico a Villroy. E a me non porterebbe nient'altro che dolore.

Appena finito il dessert, Chloe annuncia. «Grazie per la favolosa cena. Molto meglio della caffetteria, ma devo rientrare. Ho ancora parecchio da studiare.» Si alza di colpo, ansiosa di tornare.

«È il momento delle nottate intere di studio, eh?» le chiede Silvia. «Le ricordo.»

Chloe la fissa. «Non studio mai tutta la notte. Programmo il mio tempo in modo preciso, proprio per evitarle. Non è salutare restare svegli tutta la notte e alla fine si ricorda poco quando ci si priva del sonno.»

«Ragazza sveglia» dice Silvia. «Adesso capisco perché sarai tu il medico.»

«Vuoi un passaggio?» le chiede Adrian, alzandosi. «Ho qui il mio autista. Posso portarvi a casa entrambe» aggiunge guardandomi.

«Io sono fuori strada, a Brooklyn» dico alzandomi e prendendo la borsa. «Prenderò semplicemente il treno.»

«Oh, dai» dice Silvia. «Preferisci i trasporti pubblici a un viaggio con Adrian? Oops. Siete ai ferri corti?»

Arrossisco, anche se non è successo niente. È ciò che temo succederà se continuerò a passare il tempo da sola con lui. C'è troppa chimica che rende rischioso stargli vicino. Al contempo, a questo punto sarebbe offensivo rifiutare la sua offerta.

Mi impasto un sorriso sul volto, con le guance e il collo che bollono, quando Adrian si avvicina. «Sarei felice di avere un passaggio. Grazie.»

Adrian mi stringe la spalla e si china verso di me. «Bene» mi ringhia all'orecchio. «Perché saresti comunque venuta con me.»

Gli do un'occhiataccia, cercando di nascondere la mia reazione alla sua voce imperiosa. Ho la pelle d'oca e il polso che annaspa. «Sei un prepotente.» E per essere il tipo indipendente che sono, mi piace un po' troppo.

Lui mi fa l'occhiolino. «Signor Prepotente per te.» Abbassa lo sguardo sulle mie braccia, dove la pelle d'oca mi sta tradendo. Sogghigna e le mie guance diventano ancora più calde.

Qualche minuto dopo salutiamo e scendiamo con la sua guardia del corpo per andare alla sua auto. Adrian ha già avvisato l'autista di portare lì l'auto. Noi tre ci sediamo sul sedile posteriore, io in mezzo a Chloe e Adrian. C'è abbastanza spazio da non essere schiacciata, ma sono perfettamente conscia di quanto sia vicino Adrian, inondata come sono dal suo profumo speziato. Il calore del suo corpo mi fa venire voglia di premermi vicino e annusarlo. Non penso che riuscirò a resistere ancora a lungo.

Chloe estrae il telefono e comincia a studiare. Vedo equazioni complesse sullo schermo. Se solo stesse scambiando messaggi con un'amica o facesse qualche stupido giochino, tutto sarebbe meglio di questo studio continuo. Decisamente ho fallito con lei e adesso è troppo tardi. Non so come fare per rimediare, quindi mi concentro su qualcos'altro.

«Hai menzionato di volermi parlare di qualcosa prima» dico ad Adrian. «Di che si tratta?»

Lui dà un'occhiata significativa a Chloe.

«Sta studiando, e ha escluso il mondo.»

Adrian parla a bassa voce. «Ho chiesto a mio cugino dell'affare immobiliare di Yuri, lui conosce un sacco di gente nel ramo delle costruzioni, e mi dice che non è un buon affare. Il padre di Yuri, che gestisce la società, non paga i suoi appaltatori e perde giocando d'azzardo. È fortemente indebitato per i suoi progetti. Sembra un tipo losco.»

Io rifletto per un momento e poi mi rendo conto che si sta informando sui miei giocatori. «Perché ti stai informando dei loro affari? Si stanno solo divertendo e godendosi la vita. Inoltre, li ho controllati tutti prima per assicurarmi che nessuno fosse coinvolto in affari di droga, traffico di esseri umani o roba simile. Ho dei principi. Quello che fanno nelle loro aziende non mi interessa.»

«Se accetteranno tutti di investire, potrebbero perdere abbastanza soldi da non poter più giocare. E quello che fanno ti dovrebbe importare. Potrebbero essere collegati alla mafia russa.»

Scuoto la testa. «Adesso sei ridicolo. Sono persone gentili.»

«Sono gentili con *te*. Mio cugino dice che la mafia russa è viva e ben radicata qui.»

Alzo una spalla, indifferente. I miei giocatori mi sembrano come tutti gli altri uomini, che badano a loro stessi e prendono quello che vogliono. E ciò che vogliono è una bella partita di poker.

«Ti importerebbe se fosse così?»

Stringo le labbra, irritata dal fatto che stia ficcanasando nei miei affari.

La sua voce diventa un ringhio feroce. «Sara.»

Il mio corpo reagisce con un ruggito, terminazioni nervose che vibrano, lo stomaco che fa un salto mortale e una pressione... Maledizione.

Mi volto, concentrandomi su mia sorella. «Chloe.» Nessuna risposta. «Chloe!» Le copro il telefono con la mano.

Lei alza gli occhi, sbattendo le palpebre come se stesse uscendo da una trance. «Uh?»

«Hai bisogno di soldi? Vestiti o scarpe? Qualcosa?»

Lei torna al suo telefono borbottando: «No, niente.»

Guardo fuori dal finestrino con la gola stretta. È stata il centro della mia vita, il mio unico scopo per così tanto tempo. Non riesco a credere che non abbia più bisogno di me.

Quando arriviamo al suo dormitorio, scendo dall'auto, l'abbraccio e le infilo venti dollari in tasca. «Ti voglio bene. Per favore, prenditi un po' di tempo per fare qualcosa di divertente.»

Lei si mette la mano in tasca e toglie la banconota. «Sara! Ti ho detto che non ho bisogno di niente.» Cerca di ridarmela, ma la spingo verso di lei.

«Promettimi che farai qualcosa di divertente.»

«Lavorare all'ospedale è divertente.»

«Okay, allora magari bevi una birra o qualcosa con i colleghi dopo il turno.»

Lei fa una smorfia. «Bisogna avere ventun anni per bere alcolici.»

Come ho fatto a crescere una che segue le regole in questo modo? Non sono stata così severa con lei. «Prenditi una bibita, allora, non importa. Solo non studiare tutto il tempo.»

Lei sembra confusa per un momento, come se stessi cambiando la programmazione cui è abituata.

Io insisto. «Sei al college adesso, sei giovane e da sola in città. Divertiti un po'.»

«Tu dovresti andare a Villroy con Adrian.»

Prima di poterle spiegare tutti i motivi per cui è una pessima idea, le mie partite di poker, i ricordi strazianti dei nostri genitori, il mio bisogno di tenermi a distanza di sicurezza da Adrian, lei mi abbraccia per un attimo e corre verso il suo dormitorio.

Io risalgo in auto, dilaniata.

«Che c'è?» chiede Adrian.

Indico il dormitorio di Chloe oltre il finestrino. «A che cosa è servito tutto questo, se sprecherà gli anni del college studiando?»

Adrian mi dà un'occhiata confusa. «Non vuoi che studi?»

«Sì! Ma voglio anche che si goda la vita.»

«Come te.»

Capisco in quel momento che Chloe non sa come godersi la vita perché non le ho mai mostrato come si fa. Lavoravo duramente, e quindi l'ha fatto anche lei. Avrei dovuto bilanciare meglio le cose per insegnarle con l'esempio. Il rimpianto ha un sapore amaro. Uno in più nella mia lista di rimpianti. Rimpiango anche di non essere rimasta in contatto con Silvia, la mia cara amica. Rimpiango di aver perso Adrian, il ragazzo dolce che una volta era il mio eroe. Ora è un prepotente che ficca troppo il naso nei miei affari. Non ho bisogno di qualcuno che mi dica che cosa fare. Sono affari miei.

Mi metto sulla difensiva perché sono vicina al punto di rottura e *non* voglio piangere davanti a lui. «Ehi, questo non riguarda me. Io faccio quello che voglio, quando voglio.»

«Forse lo fa anche lei» dice tranquillamente Adrian.

«Ho fallito con lei» sussurro, cercando di deglutire il groppo che ho in gola. «E adesso è troppo tardi. È cresciuta e se n'è andata.» Una vocina nella mia testa mi ripete tormentandomi *tutti quelli cui vuoi bene ti lasciano*. Ho gli occhi bollenti, lo stomaco contratto. Odio questa sensazione.

«Vieni qua» dice Adrian, mettendomi un braccio attorno, tirandomi verso la sua spalla.

È una bella sensazione e non protesto. Nessuno mi abbraccia mai.

«Non hai fallito con lei» dice. «Se la sta cavando in modo fantastico. È intelligente, capace e fa quello che ama. È così entusiasta dei suoi corsi, di diventare un medico. Non c'è niente di sbagliato in questo.»

«Si sta perdendo l'esperienza del college.»

«Questo è il suo modo di sperimentare il college, a modo suo.»

Mi scosta i capelli dal viso e il calore e la tenerezza di quel gesto sono la mia fine.

Alzo gli occhi e sono sopraffatta dal desiderio di avvicinarmi. Ho bisogno di stargli vicino. Premo le labbra sulle sue. Sento una specie di scossa. *Sì. Questo è esattamente ciò di cui ho bisogno, perdermi nelle sensazioni e non pensare ai miei rimpianti.*

Lo bacio di nuovo, più forte questa volta e lui mi mordicchia il labbro inferiore. Il bacio diventa bollente, carnale, selvaggio. Non è possibile sbagliarsi su come finirà. Le sue mani sono dappertutto. Io sto bruciando, morendo dalla voglia di salirgli in grembo, ma ho bisogno di qualcosa di più di quello che potrei ottenere in un'auto.

Stacco la bocca dalla sua. «Passa la notte con me.»

I suoi occhi bruciano nei miei. «Andiamo nel mio albergo.» Mi passa il pollice sul labbro inferiore e me lo spinge in bocca. Succhio il suo dito e lui geme.

Abbaia la nuova destinazione all'autista. Lo stiamo veramente facendo. Sento il cuore che tuona in petto.

Adrian si volta verso di me e mi prende il volto tra le mani, baciandomi ancora dolcemente. «Sara.»

È tutto. Una parola, detta con tanto affetto, calore e desiderio. Mi sciolgo nonostante la mia solita scorza dura.

«Adrian» dico in un sospiro.

E non ci sono più parole. C'è un'intesa tra noi. Era destino che finisse così. Inevitabile come che il sole tramonti, o la nostra riunione. Avevamo un patto.

8

Adrian

Ho la suite al piano attico e significa ascensore privato. La mia guardia del corpo va nella sua stanza al piano sotto il mio e prendo la mano di Sara, intrecciando le dita con le sue mentre saliamo. Questo momento sembra inevitabile, come se fosse sempre stato destino che finissimo insieme in questo modo. Dovevamo solo raggiungere la magica età di venticinque anni perché tutto combaciasse. Era nelle carte, da piccoli lo sapevamo.

Sara mi dà un'occhiata di sottecchi. «Avrei dovuto immaginare che avevi la suite a questo piano.» Ha la voce acuta. È nervosa?

Le stringo le mani. «Ci sono dei vantaggi nell'essere un principe. Non significa che ottenga sempre quello che voglio.»

Lei mi dà un'occhiata incredula. «Che cosa mai volevi e *non* l'hai ottenuto?»

«Tu.»

Le sue guance diventano rosa e per un momento resta in silenzio. «Beh, puoi avermi stasera.»

«Lo farò di sicuro.» E anche dopo, aggiungo mentalmente. Non la bacio, anche se sto morendo dalla voglia di farlo. Il mio desiderio è troppo forte e non voglio fare sesso in ascensore, o sul divano del soggiorno. La voglio in un letto grande, dove posso prendermi tutto il tempo necessario.

Le porte dell'ascensore si aprono direttamente nella mia suite, che prende l'intero ultimo piano. La prendo in braccio e lei squittisce. «Che cosa stai facendo?»

Attraverso il soggiorno. «Ti porto nel mio letto.»

I suoi occhi verdi sono enormi, le guance e il collo arrossati. «Segretamente sei un romantico, vero?»

«In effetti, sono estremamente pratico. Il modo più veloce di averti nel mio letto è portarti. Visto. Ci siamo.» La deposito al centro del letto king-size.

Lei allarga braccia e gambe. «Oh mio Dio, è come essere su un'enorme, morbida nuvola.»

«Piumino d'oca.» Slaccio la camicia mentre lei mi guarda.

Sara si appoggia sui gomiti. «È strano? Noi due che ci mettiamo nudi dopo essere stati amici per tanto tempo? Voglio dire, ci conoscevamo meglio da ragazzi.»

La indico con il mento. «Togliti la maglia e te lo farò sapere.»

Lei si toglie la maglia e la getta da parte. Il desiderio cresce. È da acquolina in bocca, il seno pieno nel reggiseno di pizzo rosa. «Beh?» mi chiede.

Ci sono ancora i jeans neri e le scarpe ma lo spettacolo è così bello che non riesco ad aspettare.

La bacio, coprendola con il mio corpo. Lei mi mette le braccia intorno al collo, allargando le gambe per accogliermi. Perfezione assoluta. La bacio e l'accarezzo mentre la spoglio, adorando tutto ciò che vedo, assaggio e sento. È liscia, morbida e sa di vaniglia. Non riesco ad averne abbastanza.

Sara spinge da parte le coperte in modo da sdraiarsi sulle lenzuola di seta e sospira piano. Apprezza il lusso del letto e io apprezzo lei nuda. Scendo lungo il suo corpo, baciandola man mano.

«Adrian» dice, passandomi le dita tra i capelli. «È passato molto tempo per me. Sbrigati.» Mi tira i capelli. «Non voglio aspettare.»

Io ho appena cominciato. Mi alzo sopra di lei, le afferro le mani e le inchiodo al letto. Abbasso la voce a quel tono basso che le fa venire la pelle d'oca. «E si scoprì che comando io.»

Sara rabbrividisce, con le pupille che si dilatano. «*Adoro* quella voce ringhiante.»

Sorrido. «Lo so. Adesso di' il mio nome quando vieni.»

«Oh, non succede sempre…» Smette di parlare perché ho infilato una mano tra di noi, accarezzandola.

Due minuti dopo sta gemendo. E poi migliora ancora perché scivolo lungo il suo corpo e metto la bocca all'opera dove c'erano le dita. I suoi fianchi si arcuano, cercando più pressione e le do ciò che le serve, infilando le dita dentro di lei e accarezzandola dall'interno. Grida, impennandosi selvaggiamente e poi tutto il suo corpo rabbrividisce mentre viene contro la mia bocca. Favoloso. Sono così eccitato.

Alzo la testa. Sara è crollata sul materasso, sta respirando forte con gli occhi spalancati, fissando il soffitto.

Risalgo il suo corpo continuando a baciarla e sorrido. «Hai dimenticato di dire il mio nome.» La bacio. «Di' il mio nome.»

«Adrian» sussurra lei, infilandomi le dita tra i capelli, fissandomi. «Favoloso Adrian.»

«Pronta per il raddoppio?»

Annuisce. «Ho bisogno di te.»

Scendo dal letto, prendo un preservativo dal comodino. Ne ho sempre qualcuno, nel caso servisse. Lo srotolo e torno da lei.

Lei si è messa carponi e mi guarda da sopra la spalla. «Scopami.»

Il mio cazzo s'impenna e non perdo tempo, afferrandola per i fianchi e spingendo in profondità. Lei ansima, io gemo. Non riesco ad andare piano. È un intenso calore pulsante. Il suo corpo mi stringe ritmicamente, sta per venire un'altra volta. Le infilo le dita tra le gambe e lei lascia cadere la testa, ripetendo il mio nome in una cantilena che mi riempie la mente. Voglio possederla. Voglio che dica sempre il mio nome.

Si irrigidisce e poi viene rabbrividendo sotto di me. Mi lascio andare, continuando a spingere. Poi esplodo come una nova.

Gesù. Non è mai stato così intenso prima d'ora.

Le passo una mano sulla spina dorsale e le stringo il collo. Lei sta praticamente facendo le fusa, con la guancia appoggiata al cuscino, un sorriso sulle labbra.

Esco da lei e mi sdraio accanto, continuando ad accarezzarle la schiena.

Sara volta la testa verso di me. «Fantastico.»

Non posso fare a meno di sorridere. È stato fantastico. «La prossima volta voglio vedere la tua faccia.»

«Mi piace di più da dietro.»

«Perché?»

«Immagino che sia perché permette di provare solo le sensazioni, sai, senza doversi controllare. Fondamentale e primitivo.»

La bacio. «Niente di sbagliato con il primitivo, ma voglio vedere la tua faccia quando perdi la testa.»

«Qualcuno è molto sicuro di sé.»

La volto sul fianco e la tiro vicino, infilando la gamba tra le sue e premendo appena a sufficienza da attirare la sua attenzione.

Lei geme. «Sei perfido.»

Le accarezzo i capelli biondi scostandoli dal suo viso. «Sara, questa non è l'avventura di una notte. Lo sai vero?»

«Tu che parli di una relazione? Davvero?»

Le do un piccolo morso sul labbro per la presa in giro e lei reagisce con un bacio appassionato. Non me l'aspettavo, ma ci sto. Impossibile non farlo. Lei tenta di mettersi a cavalcioni sopra di me, quindi mi sdraio sulla schiena, allargandole le gambe.

«Guarda che cosa mi fai fare» dice con un sorriso brillante. «Ti voglio ancora.»

Le tengo il volto tra le mani, capendo che sta evitando l'intensità di ciò che c'è tra di noi. «Non ti sto chiedendo una promessa, ma questa, tu e io, non è la classica botta a via. Abbiamo una storia. Sei parte di me, esattamente come io sono parte di te. È bello, veramente bello, e non ti lascerò andare così facilmente questa volta.»

Lei mi fissa per un momento prima che si abbassi la saracinesca. Ha uno scudo formidabile intorno al cuore. Non credo che lasci entrare qualcuno, ma può fidarsi di me.

«Sara.»

Si sposta e ricade sulla schiena, quasi vibrando per la tensione. Tiro le coperte su entrambi e aspetto. Sento che sta cercando di decidere se resterà con me per qualunque cosa ci sia tra noi o si ritirerà dietro il suo muro. Sto cominciando a capirla.

Dopo un momento fissa il soffitto e dice: «Niente storie a lungo termine e niente relazioni. Non è niente di personale. È solo che… non posso.»

Mi appoggio su un gomito e la guardo negli occhi, mentre lei resta sdraiata. «Mi stai dicendo che non hai mai avuto una relazione?»

«Esatto, per mia scelta» dice in tono deciso.

«Le relazioni sono una scommessa persa.»

Sara si rilassa. «Sì. Se la pensi allo stesso modo, allora possiamo continuare a divertirci insieme.»

«L'ho pensato in quel modo per molto tempo, ma forse stavo solo aspettando te.»

«Adrian» dice con la voce soffocata, gli occhi pieni di lacrime.

«Eravamo molto legati e mi uccideva non averti nella mia vita. Pensavo sempre a te. Sperando che stessi bene. Perché non ti sei tenuta in contatto? Silvia e io abbiamo cercato entrambi di trovarti.»

«Mi dispiace» dice, sbattendo le palpebre per scacciare le lacrime. «Non potevo. Voi eravate legati indissolubilmente con il ricordo delle mie estati a Villroy con i miei genitori e non potevo pensarci. Mi avrebbe straziato e dovevo essere forte per Chloe.»

La bacio. «Silvia sospettava che lei e io fossimo legati ai tuoi ricordi di Villroy.»

Mi accarezza i capelli. «Ora che ho visto entrambi, rimpiango di aver lasciato passare tanto tempo.»

Le strofino il naso sul collo, respirando il suo profumo. «Nessun rimpianto. Creeremo nuovi ricordi, adesso. Non una sola notte. Non posso dirti addio così presto.»

«Finché sarai in città. Partirai venerdì, giusto?»

«Sì.» E voglio riportarti indietro con me, aggiungo tra me e me. È mercoledì notte e questo significa che mi sta dando altri due giorni. Ho bisogno di più tempo.

Non posso lasciare Villroy. Contano su di me per il successo del casinò e per dare alla nostra economia quella spinta finale che la renderà sostenibile a lungo termine. Per la prima volta nella mia vita il mio regno ha bisogno di me e non ho intenzione di deluderli. È il mio retaggio e voglio che Sara ne faccia parte. So che non avrebbe potuto sopportare i ricordi di Villroy quand'era più giovane, ma questa Sara, forte e capace com'è, può farcela. Può tornare a visitare sua sorella. Chloe non ha più tanto bisogno di lei ora che è un'adulta.

Sara sorride, sollevata. «Okay, abbiamo fino a venerdì, poi ci terremo in contatto.»

Non basta.

«Okay?» insiste, praticamente pregandomi di accettare. Ovviamente ha bisogno di più tempo anche lei.

«Okay.»

Lei si rannicchia contro di me e sospira.

Non ho dubbi che ci sia un futuro per noi. Mi sembra di averla aspettata per tutta la vita. Lei non è ancora pronta a sentirlo. Devo scegliere il momento giusto.

Sara

Adrian è rimasto due settimane più di quanto aveva programmato e a me sta bene. Benissimo. Aveva ragione su di noi. Sembra tutto facile, come se avessimo ripreso dal punto in cui avevamo smesso, non è impegnativo come una relazione. Lui partirà domani e mi mancherà veramente. Spero che venga a trovarmi regolarmente. È possibile, visto che è il capo e ha accesso a un jet privato. È il tipo di legame che riesco a gestire. Ci sono dei limiti naturali che la rendono una cosa casuale.

È giovedì pomeriggio tardi e devo prepararmi per la partita di poker di stasera. Andremo in un albergo originale in un quartiere artistico dall'altra parte della città. Ho riservato una suite e ordinato il cibo nel quartiere ebraico lì vicino: blintz al formaggio e cornetti di pasta sfoglia e tanta frutta fresca. È importante cambiare in modo che sia sempre una bella sorpresa quando gli uomini arrivano per la partita.

Adrian si sta aggirando nel mio monolocale. Abbiamo passato la maggior parte del tempo nel suo albergo o in città. «Tu *e* Chloe vivevate qui?»

Rido. «Sì. So che è piccolo, ma avevamo un sistema. Tutto programmato, dal dividere il bagno, ai pasti. Lei preparava la colazione, io la cena, o portavo a casa qualcosa dal ristorante. Dividevamo il futon, che diventa un letto da una piazza e mezza.»

Lui guarda il mio futon, che sembra piuttosto vecchio e poi me. «Dev'essere difficile restare qui da sola dopo essere stata tanto legata a tua sorella.»

Mi stupisce che lo capisca così bene. «Sì, è stato difficile. Non avevo mai vissuto da sola.» Mi si stringe la gola. «È come se avessi perso la parte migliore di me.»

Adrian annuisce. «È un po' come quando Silvia e io ci siamo separati per andare in due diverse università. I gemelli hanno un legame stretto, avendo diviso un grembo. Lei è andata a Yale, qui negli Stati Uniti e io a Cambridge, in Inghilterra. Non eravamo mai stati così lontani l'uno dall'altro. Ovviamente siamo rimasti in contatto e ci trovavamo spesso, ma non era la stessa cosa. Quel legame c'è ancora, ma si è allentato, lasciando che entrasse altra gente. Adesso lei ha Cade.»

Mi avvicino, attirata dalla sua franchezza. La maggior parte degli uomini non condivide i suoi sentimenti con me. «A me sembrate uniti come sempre.»

I suoi occhi nocciola sono diretti. «Siamo ancora legati, è solo diverso. Un po' come nel vostro caso. Chloe sta diventando la donna che sarà e cominciando la prossima parte della sua vita.»

Lo abbraccio, un gesto insolito per me. È bello avere qualcuno che capisce veramente ciò che sto passando, separandomi da Chloe.

Adrian mi bacia i capelli. «So esattamente quello che ti sta succedendo.»

Premo la guancia sul suo petto, ascoltando il battito del suo cuore. «Sì.»

Sento la sua voce rombare nel petto. «Avere una sorella gemella mi dà una comprensione unica della mente femminile.»

Sento un'ondata di affetto e lo bacio e poi di nuovo e continuo. Il fuoco divampa ancora una volta e ci strappiamo i vestiti di dosso.

Poi mi solleva contro la parete. Gli avvolgo le gambe intorno, tenendomi a lui mentre si spinge dentro di me, con la bocca sul mio collo, succhiandomi forte. Tiro indietro la testa, con gli occhi chiusi, consumata dal fuoco tra di noi. Le sue dita scivolano tra di noi, aggiungendo un altro livello di intensità. Sto ansimando, la mente annebbiata dalle sensazioni, il piacere che mi travolge. Adrian mi bacia di nuovo ed esplodo, con il piacere che mi attraversa tutto il corpo. Lui si spinge ancora e non voglio che smetta. Esplodo un'altra volta, rabbrividendo, e questa volta lui viene con me, con le labbra premute contro il lato del mio collo.

Restiamo così per un lungo momento, appiccicati, respirando forte. Siamo animali, primitivi ed elementari. Nessuna emozione complicata che può ferire e tradire con la sua natura temporanea. Solo nude sensazioni. Esattamente quello che voglio.

Adrian alza la testa e mi fissa il collo. «Ti ho marchiato.»

Mi metto una mano sul collo, allarmata. «Mi hai fatto un succhiotto?»

Adrian mi scosta la mano e mi passa le dita sul collo. «Bello anche.» Sembra soddisfatto.

«Adrian! Stasera ho la partita! È molto evidente? Posso coprirlo con il trucco?»

«Lascialo» ringhia, con quella voce imperiosa a cui il mio corpo reagisce immediatamente. Il desiderio esplode nuovamente e mi bagno, inzuppandolo dove è ancora piantato dentro di me. Apro le labbra. Sono colta da sensazioni che annullano ogni pensiero razionale.

Le sue labbra si curvano in un sorriso, gli occhi scintillano. «Sei *perfetta* per me.»

Sono senza parole e pazzescamente nuovamente pronta per il piacere che può darmi.

Adrian mi solleva e mi rimette in piedi, tenendomi per le braccia per non farmi cadere. Ho le gambe così molli.

Ritrovo la voce. «Questo succhiotto è una cosa da lupo-alfa? Vuoi che sappiano che sono stata con te?»

Lui mi tiene il volto con una mano, fissandomi negli occhi. «Voglio che tutti sappiano che sei mia. Niente lupo-alfa. È un fatto. Ti ho rivendicato.»

Sento sempre più caldo e sono sempre più bagnata man mano che parla, che mi fissa. Vorrei protestare che non sono sua, ma una parte di me *vuole* essere posseduta da lui. «Sì.»

Adrian mi copre la bocca con la sua, la sua lingua mi invade. Mi sta rivendicando e io mi arrendo alla passione che non ho mai sperimentato prima di lui. Posso godermi questo momento sapendo che ci capiamo, solo un momento appassionato, temporaneo e folle prima che lui torni a casa.

9

Adrian

Sara è nella doccia e si sta preparando per la partita. La raggiungerei se il bagno non fosse così piccolo. Penso che non riuscirei nemmeno a girarmi senza sbattere i gomiti nelle pareti. Mi guardo attorno. C'è un piccolissimo armadio. Dentro c'è il suo piccolo trolley, dove tiene le attrezzature per il gioco, inclusa la cassetta di sicurezza per il denaro, ha bisogno di una guardia o, meglio ancora, di un lavoro meno rischioso. Come, per esempio, lavorare nel mio casinò. Prima devo riuscire a farle accettare di venire a vederlo.

Ho prolungato il mio soggiorno qui; volevo stare con lei il più a lungo possibile, ma devo proprio tornare. Emma continua a chiedermi quando arriverò, stanca di sostituirmi e so che non ci sta mettendo il cuore. Sono io quello che può assicurare il successo al casinò e voglio Sara al mio fianco, ad aiutarmi. Dice che prenderà in considerazione la mia offerta, ma riesco a percepire la sua riluttanza. Sta cercando di tranquillizzarmi, ha paura di tornare a Villroy. Sono sicuro che sia quello il problema e non io.

Esce un momento dopo, indossando un maglioncino verde scuro senza maniche, a collo alto, con dei pantaloni neri. «L'unica cosa che ho che copre meglio del trucco.» Mi rivolge un'occhiata trionfante.

Vado da lei, abbassando il colletto per ammirare il mio succhiotto. «Che gusto c'è?»

Sara mi schiaffeggia la mano, allontanandola. «Non fare il Neanderthal.»

«Perché no? Ti piace.»

Arrossisce immediatamente. «Mi piace a letto. Non altrove.»

Indico il punto dove abbiamo appena fatto sesso. «Anche contro la parete.»

Lei alza un dito, con un'espressione severa sul volto. Lo afferro e lo mordicchio.

Sara si appiccica a me, con la bocca contro la mia, infilando le dita tra i miei capelli. Gesù. Sono duro di nuovo, pronto a possederla ancora. Nessuna donna ha mai reagito a me come lei. Lei alza una gamba, cercando di arrampicarsi. La sollevo e lei avvolge gambe e braccia intorno a me, gemendo nella mia bocca. Da zero a cento in un morso.

La deposito sul futon e la copro, sistemandomi tra le sue gambe. Poi alzo la testa e sorrido, non riesco a farne a meno. Mi desidera tanto da non riuscire quasi a tenere i vestiti addosso. «Vediamo di toglierti questi bei vestiti.»

Lei chiude gli occhi e geme. «Che cosa c'è che non va in me? Devo andare per sistemare tutto prima della partita.»

La bacio. «Non riesci a resistermi.»

«Di solito non sono così. Mai.»

«Aspettavi me.» È come mi sento io. Spero che sia lo stesso per lei.

Lei spalanca gli occhi. «Sei così arrogante.»

Le accarezzo i capelli e le metto una mano sulla guancia. Ora sono serio. «Esattamente come io stavo aspettando te. È per questo che abbiamo fatto il patto di sposarci quando avessimo compiuto venticinque anni. È il motivo per cui ci siamo ritrovati. Tu e io. Era destino, come l'ultima carta che si riceve. L'unica scommessa vincente.»

Sara mi dà uno spintone. «Devo andare.»

Non la lascio alzare perché ho bisogno di lei. «Torna con me a Villroy domani. Voglio che veda il casinò.» La bacio e poi la fisso negli occhi, cercando di farle capire che cosa significa per me. «Voglio che pensi seriamente a lavorare là. Voglio che pensi seriamente alla possibilità di noi due insieme.»

Lei sbatte velocemente gli occhi, come se stesse cercando di non piangere. «Adrian» sussurra, «non ci riesco.»

Ha paura di Villroy e forse anche di quello che prova per me. È intenso, lo so, ma niente mi è mai sembrato più giusto.

Le sfioro le labbra con le mie. «Solo una visita. Solo per vedere.»

«No.»

Mi alzo e la faccio sedere accanto a me. «Perché no?»

«Perché mi serve un motivo? Non voglio e basta.»

«È Villroy o sono io?»

Lei si stringe nelle braccia. «Ha importanza?»

«Sì. Se si tratta di Villroy, posso accettarlo e cercare di risolverlo. Se si tratta di me, allora ti lascerò in pace.»

Lei distoglie gli occhi, uno dei suoi segni rivelatori. «Sei tu.»

Non sono io. Vuole ciò che c'è tra di noi quanto lo voglio io. Lo so. Ha paura di rivedere Villroy, come aveva paura di ritornare in acqua dopo essersi ferita nell'oceano. Ma allora ero rimasto con lei, giocato a poker con lei e l'avevo baciata, finché si era rilassata a sufficienza da godersi nuovamente l'acqua. Allora ero stato il suo eroe e lo sarò anche adesso.

«Okay» dico.

Lei volta di colpo la testa verso di me, sorpresa. «Okay?»

«Mmm-mmm.»

«Non hai intenzione di trascinarmi là per i capelli?»

Abbasso la voce a quel tono basso e ringhioso che la fa bagnare. «Più probabile che ti imbavagli e ti leghi, ti getti sopra la spalla e ti porti sul mio jet.» Subito le guance diventano rosa, le pupille si dilatano. Riesco a leggere le sue emozioni e mi piace quello che vedo. «Ma no. Rispetterò i tuoi desideri.»

«Oh, grazie.» Sembra delusa. Bene. Non partirò fino a domani e voglio che venga di sua spontanea volontà. Devo solo fare in modo che si senta a suo agio con me tanto da poter affrontare la sua paura di rivedere Villroy. Ci creeremo nuovi ricordi là, per tutto il tempo che vorrà darmi. Non mi aspetto niente. Solo una visita. Solo una possibilità.

Accettare un rischio è quello che fanno tutti i buoni giocatori, solo che questa è la scommessa più rischiosa che abbia mai accettato. Andrò fino in fondo.

~

Sara

Sono tentata da Adrian. Davvero. E con il jet potrei andare a Villroy ed essere di ritorno in tempo per la partita di giovedì. Ma la mia intensa paura di essere nuovamente travolta dal dolore mi fa puntare i piedi. Solo pensare ai miei genitori mi fa male al cuore. Metà delle volte dimentico di respirare. Temo che crollerei, rivedendo nella realtà il cottage sulla spiaggia dove abbiamo passato tanto tempo. Tornerebbero gli attacchi di panico. C'è voluto tanto tempo per riprendermi. Gli ho detto di no e resterò fedele a quella decisione.

Adesso siamo nella suite d'albergo che ho prenotato per la partita di questa sera. Lo sento che mi osserva mentre preparo il tavolo con il mescolatore di carte e le *fiche*.

«Quando arriverà Gustavo?» Mi chiede in tono indifferente. È il mio mazziere.

Gli do un'occhiata. «Perché?»

Lui agita le sopracciglia.

Rido, scuotendo la testa. «Non ho intenzione di farlo proprio qui prima della partita.»

«C'è una stanza da letto, perché no?»

Mi metto una mano sul fianco. «È la tua frase tipica, perché no?»

«È così che vivo. Vuoi provare qualcosa? Perché no? Buttati.» Indica la camera da letto.

Scuoto la testa, sorridendo. Poi capisco: è impavido. Prende quello che vuole quando lo vuole. «Sei fortunato ad avere quel carattere. Sono sicura che essere il più giovane e un principe ti ha dato un sacco di sostegno e di sicurezza in te stesso. Io potevo contare solo su me stessa.»

Lui si avvicina e mi abbraccia. «Adesso hai anche me.» Mi

preme la testa contro il suo petto. «Goditi il fatto di poterti appoggiare.»

Rido, ma poi gli metto le braccia intorno e sospiro. È il paradiso essere abbracciati da Adrian. Un paradiso caldo, speziato e sexy.

«È brutto volerti ancora?» mi chiede.

Gli sorrido. «È molto lusinghiero. E anche reciproco, ma non possiamo semplicemente fare sesso tutto il tempo.»

«Perché...»

«No» finisco io per lui. «Vedi, sto imparando.» Mi stacco. «Perché ho delle cose da fare.»

Mi dà una tirata di capelli. «Come me.»

Rido. «Sei incorreggibile.»

«Grazie.»

Quando arrivano, gli uomini sono veramente di buonumore. Tutto sembra perfetto e mi sento alla grande, dentro e fuori. È merito di Adrian, lo so.

Riesco a sentire i suoi occhi su di me mentre saluto i giocatori. Colgo la sua occhiata e mi manca il fiato tanto è bollente. Arrossisco, perdendo il filo dei miei pensieri mentre ritiro la quota di partecipazione con un sorriso impastato sul volto. Chi sto prendendo in giro, pensando che sia una cosa casuale? È troppo intensa per chiamarla così.

Gli uomini si servono da mangiare e da bere, riportando i bicchierini di vodka al tavolo da gioco, dove Gustavo sta aspettando di dare le carte. Adrian prende il posto di Sergei al tavolo, come ha fatto nelle ultime partite. Ai ragazzi piace. Dovrò rivedere la mia lista d'attesa e trovare un altro giocatore per la partita di martedì, quando Adrian sarà ripartito. Mi sento stringere lo stomaco al pensiero. So che sarà difficile dirgli addio, ma ho scelto di lasciarlo avvicinare per un paio di settimane, e adesso so che dovrò affrontare le conseguenze. Non è un addio per sempre, mi rassicuro. Ci terremo in contatto.

Gli uomini cominciano con il loro solito scambio di battute e io sorrido tra me e me, rimettendo la cassetta di sicurezza nel trolley e appollaiandomi su una sedia lì vicino, fingendo di essere al telefono mentre sto attenta al gioco. Quando mi interpellano, sono sempre lì con una risposta allegra. Ho veramente bisogno che questo giro continui ad andare bene. Coprire le perdite di Sergei mi ha ripulito. Ora non ho nemmeno i soldi per coprire la retta di gennaio di Chloe. Spero che qualcuno stasera sia fortunato e alzi la posta. Ultimamente stanno giocando poco. Non so perché. Forse perché Sergei non è tornato? Sono arrabbiati con me per aver buttato fuori il loro amico dal gioco? Forse sta fingendo di avere pagato il suo debito e che sono diventata avida. Non posso discuterne con loro. Io sono Sunny Sara, la fonte del divertimento, non dell'ansia.

Qualche minuto dopo, Ivan chiede a Yuri del progetto nel Queens e il gioco si ferma mentre gli uomini fanno una domanda dopo l'altra. Merda. Credo che abbiano investito tutti. Posso solo sperare che non abbiamo usato tutte le loro riserve come ha fatto Sergei.

È solo mezzanotte quando Ivan si ritira. «È tutto per me stasera.»

Noooo! Di solito la partita dura molto di più e gli uomini rischiano sempre di più man mano che la partita procede.

«È presto» dico. «E se aggiungessimo un po' di Red Bull a quella vodka?» Caffeina e vodka, la bevanda per tenerti sveglio e ubriaco. Solo che sembra che la vodka non abbia effetto su di loro, sono solo più rilassati. Hanno una tolleranza folle.

«Un'altra volta» dice Ivan, alzandosi dal tavolo.

Gli altri borbottano qualcosa di simile e, uno alla volta, chiudono la serata. Mi faccio prendere dal panico, sono sul punto di fare una cosa folle, come offrirmi di coprire puntate più alte, quando parla Adrian.

«Ehi, dovreste venire tutti al mio casinò sull'isola di Villroy. Partirò domani su un jet privato. Venite con me. Bevande e pasti gratis e potreste risiedere a palazzo. Poi potreste andare a Monte Carlo e controllare il casinò là. Ci sono un mucchio di celebrità in entrambi in posti. Mai sentito parlare di Jackson Walker? Si esibisce nel mio casinò.»

Gli uomini impazziscono, parlano tutti insieme per l'eccitazione.

«Jackson Walker!»

«È un dio del rock.»

«Leggenda.»

Yuri si mette perfino a suonare una chitarra immaginaria, scuotendo la testa.

Adrian si rivolge a me. «Sara, dovresti venire anche tu e organizzare tutto per una bella partita di poker in una stanza privata.»

Annuisco, stringendo le labbra. Mi ha forzato la mano. Devo andare. Gli uomini si aspettano che sia lì e ho bisogno che credano che sia io la chiave del divertimento, non un qualunque dipendente del casinò. Non posso perdere questo lavoro. Diavolo. Io a Villroy, l'unico posto che speravo di non rivedere più.

Adrian si rivolge al gruppo. «Vi farò riportare indietro domenica sera.»

«Diavolo, sì!» esclama Ivan. «Ho sempre voluto tentare la fortuna a Monte Carlo e mi piacerebbe anche vedere il tuo posto.»

«Perfetto» dice Adrian. «Vi piacerà. C'è una spa alla porta accanto se volete un massaggio. Offerto anche quello.» Dà loro il suo numero di cellulare e l'indirizzo di un aeroporto privato nel New Jersey, dicendo loro che il volo partirà alle dieci domani mattina. «Possiamo giocare per qualche ora venerdì sera a Villroy. Potete restare come ospiti del palazzo, passare il sabato a Villroy e poi andare a Monte Carlo a giocare sabato sera.»

Gli uomini sono entusiasti e io mi sforzo di fingere il loro entusiasmo. Si congedano di buon umore, battendo Adrian sulla spalla e ringraziandolo. Le mance sono migliori di quelle dell'ultima partita.

Appena sono usciti tutti, mi siedo sul divano, mi chino in avanti e mi prendo la testa tra le mani. Una parte di me è grata ad Adrian per aver salvato una serata che stava andando rapidamente in malora dopo una serie di partite men che stellari. L'altra parte è infuriata e spaventata. *Devo* andare. Devo affrontare il passato che ho cercato di lasciarmi alle spalle con tanta fatica.

E che cosa succederà se gli uomini non vorranno tornare alle mie partite dopo aver avuto un assaggio dei sofisticati casinò europei?

Adrian si siede accanto a me e mi massaggia la schiena. «Sei arrabbiata perché li ho invitati?»

Alzo la testa. «Non ne sono sicura.»

«Allora non sei arrabbiata.»

Mi raddrizzo. «Mi hai forzato la mano. E hai veramente intenzione di farli restare a palazzo? Pensavo che fosse riservato alla famiglia reale.»

«Ci sono delle stanze, da quando accettavamo ospiti per le lune di miele e le settimane tra amiche, prima che aprisse la spa. Lasciamo stare lì solo persone che consideriamo amiche. Non è un problema. Tu starai con me nella mia suite nell'ala ovest. Loro saranno nell'ala est.»

Stringo i pugni. «Mi sembra di dover venire. Non mi piace la sensazione di essere obbligata.»

«Non sei obbligata.»

«Sì, invece. Se voglio tenermi i miei giocatori, devo venire. Devono vedermi come la chiave del loro divertimento.»

I suoi occhi nocciola mi fissano intensamente. «E io? Vuoi tenere anche me?»

Distolgo gli occhi, non riesco a sostenere il suo sguardo. «Ti ho già detto che non ero pronta per avere una relazione.»

«Era perché stavi aspettando me.»

Sospiro. «Perché non risparmiamo tempo e sostieni tu entrambe le parti della conversazione? Dimmi che cosa provo, dato che sembri sapere tutto.»

«Okay. Hai paura di Villroy e dei ricordi di famiglia che comporta.»

Lo fisso, sorpresa che lo abbia capito.

«Vuoi che sia il tuo eroe, e lo voglio anch'io. Tieni a me quanto io tengo a te e ti preoccupa che significhi rischiare di soffrire. Non sei sicura se siamo una scommessa vincente. E ti risparmierò il tempo di cercare di capirlo perché la risposta è sì. Siamo una scommessa vincente.»

Sono senza parole, e mi guardo intorno. Le cose sono andate bene finora tra di noi, ma c'è comunque un oceano che ci separa. So che non abbandonerebbe mai il suo casinò e io non posso abbandonare mia sorella o la mia vita qui. Chloe pensa di non avere bisogno di me adesso, ma potrebbe cambiare idea in ogni momento. Voglio essere abbastanza vicina da andare da lei quando mi chiama. Non dico niente di quello che sto pensando, però. Posso affrontare solo un'emozione alla volta e la cosa più grossa per adesso è ciò che rappresenta Villroy, la perdita dei momenti più felici che ha avuto la mia famiglia. I miei genitori, non riesco a respirare, ho il cuore che accelera. Un attacco di panico. Sono passati anni. *No.* Non perderò il controllo. *Inspira, espira.*

Adrian mi liscia i capelli e mi prende il volto tra le mani, alzandolo verso di lui.

Lo fisso negli occhi tranquilli e mi calmo un po'. «Ade, se vengo, deve essere diverso. Non voglio vedere il cottage che prendevamo in affitto. Non voglio vedere la spiaggia nord o qualunque cosa facessimo allora.»

«Non te lo posso promettere. È un'isola. Prima o poi vedremo qualcosa che te li ricorderà. Ma posso prometterti che passerai dei momenti così belli, visitare il casinò, giocare a poker ad alcuni dei nostri tavoli con le puntate alte con la posta in omaggio, e stare con me, che Villroy significherà creare ricordi nuovi e diversi. Del tipo che una Sara adulta può affrontare.» Mi rivolge un sorriso diabolico. «Giuro che ti piacerà, altrimenti riavrai i tuoi soldi.»

Gli rivolgo un sorriso tra le lacrime. «Non sto pagando niente, scioccone.»

Mi bacia, solo uno sfiorare di labbra che mi fa solo desiderare di più. «Ci sono altri modi in cui puoi pagarmi.»

Sono ancora terrorizzata da ciò che mi aspetta, ma mi distrae con i suoi baci, tirandomi in grembo e tenendomi stretta. Mi dico che finché mi concentrerò su Adrian, tutto andrà bene.

Lui si alza, con me in braccio e mi porta nella stanza da letto.

Io mi rannicchio contro il suo torace caldo. «Se avrò una crisi, sarà colpa tua» dico come se stessi scherzando, anche se ho paura che sarà esattamente ciò che succederà.

«Non avrai una crisi.»

«Non puoi saperlo.»

«Sei forte e capace. Ce la puoi fare.»

Mi appoggia dolcemente sul letto e mi copre con il suo corpo. Io lo tengo stretto.

Mi bacia, tenendomi il volto con una mano e fissandomi negli occhi. «Ti ringrazio, Sara, perché ci stai dando una chance.»

La mia voce trema. «Sei una scommessa vincente.» Vorrei che fosse una certezza.

Adrian sorride con gli occhi che si illuminano. «Finalmente l'hai capito.»

Mi bacia di nuovo e io mi lascio andare, perdendomi nelle sensazioni, permettendo ai miei pensieri bui di svanire. Torneranno fin troppo presto.

10

Sara

Adrian e io stiamo passando la notte nella suite, visto che è già pagata. Lui sta dormendo. È l'una di notte e scendo furtivamente dal letto per andare a sistemare le attrezzature da gioco nel soggiorno. Mando a Chloe un veloce messaggio per farle sapere che starò via qualche giorno e sarò a Villroy con Adrian e i giocatori. Non mi aspetto che sia ancora sveglia, ma mi risponde subito.

Chloe: *A che ora partirai domani?*

Io: *Cosa fai ancora alzata a quest'ora?*

Chloe: *Sto leggendo.*

Io: *Se hai bisogno di me posso cancellare.*

Chloe: *Voglio venire con te. Spero che Villroy mi faccia ricordare mamma e papà. Ho solo qualche ricordo confuso: papà che va al lavoro con la borsa del laptop e mamma che mi urla di smetterla di saltare sul divano. Lo ricordo solo perché avevo urtato la testa contro il tavolino ed eravamo andate al pronto soccorso. Dopo, mi aveva dato il gelato.*

Ironico come io abbia paura di innescare i ricordi dei nostri genitori e lei invece lo desideri. Non mi rendevo conto che ne avesse bisogno.

Chloe: *Inoltre potrebbe essere difficile per te laggiù. Voglio che sia qualcosa che facciamo insieme.*

Non posso negare che sarebbe più facile averla con me, e
mi manca passare un po' di tempo con lei. Ha il passaporto da
quando è andata in Nicaragua l'estate scorsa, per un viaggio
umanitario. L'avevo richiesto anch'io, per essere pronta a
volare laggiù immediatamente nel caso avesse avuto bisogno
di me.

Io: *E i tuoi corsi?*

Chloe: *Mi farò dare gli appunti delle lezioni di venerdì. Sono al
passo con gli studi. Non preoccuparti.*

Sorrido tra me e me. Non mi preoccuperei mai per quello.

Io: *Partiremo alle dieci del mattino. Farò venire un'auto che ti
accompagni all'aeroporto.*

Chloe: *Sono eccitata.*

Vorrei esserlo anch'io. Mi terrorizza. Rispondo in fretta.
Bene, io sono entusiasta di andarci con te. La nostra mini-vacanza.

Chloe: *Vado a fare le valigie.*

Io: *Buona notte. Ti voglio bene.*

Chloe: *Ti voglio bene anch'io.*

Faccio un respiro profondo. Ce la posso fare. Avrò Chloe
al mio fianco e anche Adrian, anche se so che sarà preso per
rimettersi in pari con il lavoro. Probabilmente io sarò così
occupata con i miei giocatori che non avrò tempo per concentrarmi su nient'altro. Non c'è bisogno che veda il cottage con
le due camere da letto dove la mia famiglia si ammucchiava
ogni chiassosa, gioiosa, estate. Probabilmente sarà occupato
dai nuovi affittuari estivi. C'erano solo pochissimi cottage
disponibili sull'isola e l'unico motivo per cui lo ottenevamo
sempre era perché l'anziana coppia di proprietari conosceva
la famiglia di mio padre in Francia. I due anziani andavano in
Inghilterra ogni estate per visitare la figlia e la sua famiglia.
Parlerò a Chloe del cottage nel caso voglia stimolare la memoria, ma io non ci andrò.

Sistemo tutto, con i ricordi che mi inondano la mente…

Il profumo dei biscotti con le gocce di cioccolato appena
tolti dal forno. La mamma preparava sempre i biscotti al
cottage. Era un'attività tipica dell'estate. Durante l'anno scola-
stico era troppo stanca dopo il lavoro.

Mio padre seduto con il suo caffè nel piccolo patio, che

ammirava il panorama dell'isola e del mare. Il cottage era quasi in cima alla collina, con il palazzo reale proprio sulla sommità, e lo spettacolo era magnifico.

Mio padre che parlava in francese con la gente del posto. Veniva dalla Francia ed era venuto a Villroy ogni estate da ragazzo. In casa non parlava mai francese. Villroy risvegliava quel lato di lui.

Lunghe giornate di sole, sabbia e acqua salata. I miei genitori che si tenevano per mano, camminando dappertutto. E poi quell'estate in cui avevano smesso di tenersi per mano e temevo volessero divorziare.

Non avevo mai pensato che potessero morire. Non mi era mai passato per la mente. Sarebbero vissuti per sempre.

Mi sfugge un singulto e mi copro la bocca con la mano. Non voglio che Adrian mi senta, quindi vado in bagno, chiudo la porta, apro l'acqua della doccia ed entro, lasciandomi andare, con il rumore dell'acqua e della ventola che mi coprono. Era passato tanto tempo da quando avevo pianto per loro. Sapevo che sarebbe stata una tortura. Meglio di un attacco di panico, ma faceva comunque male.

Mi asciugo, esausta, mi vesto di nuovo, apro la porta del bagno e strillo.

Adrian è lì, che mi guarda compassionevole.

Mi abbraccia senza parlare, stringendomi forte. Poi mi guida verso il letto e si sdraia, tenendomi stretta a sé. Mi sto abituando troppo a lasciare che mi tenga abbracciata, ma non ho la solita forza per alzare le mie difese, tenere le distanze. Invece chiudo gli occhi e scivolo nel sonno.

La mattina dopo gli uomini sono su di giri. Adorano il jet reale e appena a bordo, ancora sulla pista, cominciano a scommettere su praticamente tutto: dall'ora in cui arriveremo, al numero dei tavoli da poker nel casinò e chi avrà la barba migliore prima della fine del weekend. Mi sono messa d'accordo con l'equipaggio per provvedere al cibo, quindi a bordo abbiamo caviale, champagne, vodka e frutta fresca. Oltre a quello che c'è normalmente a bordo per i pasti. Avevo intenzione di far addebitare gli extra sulla mia carta di credito ma Adrian ha insistito che avrebbe offerto lui.

Ci sono quattro file di sedili reclinabili verso la prua, oltre a dei salottini a quattro posti verso la poppa. Io resto nel corridoio, aspettando che Chloe salga a bordo. Il jet è ancora sulla pista.

Arriva Sergei, sorprendendomi. Deve averlo invitato uno degli altri. «Spero che non ti dispiaccia, Sunny Sara. Non ho potuto resistere a un viaggio gratis.» Mi prende la mano, dandomi un assegno piegato.

Resisto al desiderio di dare un'occhiata. «Ovvio, sei sempre il benvenuto. Sono contenta di vederti.»

Appena si siede in fondo, guardo l'assegno. È la metà di quanto mi deve. Sapevo che non era a causa della mancanza di soldi! Era solo irritato perché troppa gente era stata testimone delle sue perdite e della mia visita per incassare. Per non parlare poi del fatto che l'avevo rifiutato. Metà è un buon punto di partenza. Adesso ho abbastanza soldi per la retta di Chloe di gennaio e della prossima estate. Non ho intenzione comunque di coprire le sue scommesse finché non avrà saldato tutto.

Chloe è l'ultima a salire a bordo e gli uomini si zittiscono. Lei indossa il suo solito cardigan, canottiera e jeans. Cardigan e canottiera bianchi oggi. È carina. Quando sorride il suo viso si illumina ed è veramente bella, ma sorride raramente, solo quand'è eccitata per qualcosa che sta studiando, altrimenti è un sorrisino a fior di labbra.

Mi affretto ad andare da lei e l'abbraccio. Mi volto verso gli altri. «Questa è la mia sorellina, Chloe.»

Chloe alza una mano. «Salve, amici di Sara.»

Indico ciascuno di loro, nominandoli man mano.

«Non poi così piccola, sorellina Chloe» dice Ivan. «È una donna.»

Mi irrigidisco. Sarà meglio che non comincino nemmeno a *pensare* di provarci con lei. Ma prima che possa dire qualcosa, Adrian si avvicina, la saluta calorosamente e si offre di riporre il suo zaino. Lei rifiuta. Vuole averlo con sé per poter studiare durante il volo.

Mi rivolgo a Ivan. «Ha solo diciotto anni. Non provarci nemmeno.»

«Abbastanza adulta da sposarsi.»

«Io…» comincia a dire Chloe.

Finisco io per lei. «Chloe è qui per me.» Mantengo la voce allegra. «E comunque sei troppo vecchio per lei.»

«Vieni a sederti vicino a me, piccola Chloe» dice Sergei con la voce smielata, dal fondo dell'aereo.

«No, grazie» risponde lei. «Mi siederò accanto a Sara.»

Sergei indica me. «Sunny Sara. Unisciti a noi. Conosciamoci meglio tutti quanti.»

Adrian si rivolge a Sergei. «Smettila.»

«Non puoi avere entrambe le donne» dice Sergei. «Non essere egoista.»

La voce di Adrian assomiglia a un ringhio. «Non mancano le donne al casinò, sia a Villroy sia a Monte Carlo. Sarà tutto molto più piacevole se rispetterai i desideri di Sara. Non voglio dover cacciare qualcuno prima del decollo.»

Restano tutti in silenzio.

Mi siedo nella prima fila accanto a Chloe. Lei allaccia la cintura e apre la cerniera dello zaino, togliendone un libro di statistica.

Allaccio anch'io la cintura. «Non so quanto riuscirai a studiare con questa gente attorno.»

«Sara» sibila lei. «Mi stai mettendo in imbarazzo. Mi tratti come se fossi una bambina.»

Resto di stucco. *Io? La sto mettendo in imbarazzo?* Io sono completamente calma. «Sono troppo vecchi per te.»

«Mi sembra che abbiano tutti meno di trent'anni.»

«E tu ne hai solo diciotto.»

Chloe mi guarda arrabbiata. «Sai che sono un'adulta, vero? È da parecchio che me la cavo da sola.»

«Mi sono occupata io di te.»

«Quando non stavi lavorando.»

Sento un colpo al cuore. «*Dovevo* lavorare. Qualcuno doveva portare a casa uno stipendio.»

La hostess recita le solite istruzioni sulla la sicurezza, le uscite di emergenza eccetera e restiamo in silenzio.

«Lo so» dice dolcemente Chloe, quando finiscono le istruzioni. «Sto solo dicendo che mentre lavoravi ero da sola, e me la cavavo bene.»

«Hai bisogno di conoscere qualcuno che ti assomigli di più. Un accademico, dolce e gentile.»

Lei sbuffa.

«E questo che cos'è? Da quando sbuffi?»

Lei abbassa la voce. «Da quando mi tratti come una verginella ignorante. So come gestire gli uomini.»

Resto a bocca aperta. Non è più vergine? Quand'è successo? Perché non me l'ha detto. Mi dice sempre tutto. Beh, pensavo lo facesse. Poi mi concentro sulla cosa più importante. «Stai bene?»

«Sì. È successo due estati fa.»

«Due estati fa!»

Chloe mi fa segno di abbassare la voce.

«Perché lo vengo a sapere solo adesso?»

Lei parla a denti stretti. «Perché ho diritto ad avere una vita privata.»

Crollo contro lo schienale. Non riesco a crederci. Sono io che le ho fatto il discorso sul sesso e sono stata molto meticolosa: come proteggersi, l'importanza di aspettare la persona giusta, come evitare di restare incinta. Le ho perfino dato dei preservativi. Le ho detto di venire da me per qualunque domanda o problema. Non l'ha mai fatto. In effetti, sembrava decisamente poco interessata ed era così presa dai suoi studi che non ho mai pensato che avesse un boyfriend.

«Chi era?» le chiedo. «Qualcuno del vicinato? Della scuola?» Oddio. E se fosse stato qualcuno assolutamente inaccettabile, come un insegnante?

«Ricordi quando sono andata a quel campo estivo di biomedica alla Penn?»

Aveva vinto una borsa di studio per fare ricerche durante l'estate, all'università della Pennsylvania, insieme ad altri studenti dotati.

«Ci dovevano essere degli chaperon» dico a denti stretti.

Che razza di posto era per permettere ad adolescenti vergini di scatenarsi?

Lei agita una mano, indifferente. «C'è sempre il modo di evitarli.»

«Per favore, dimmi che non era un professore.»

«Era Michael, un altro studente.»

Adrian si siede accanto a me, sorprendendomi. «Nervosa per il volo?»

«No. Sto solo… va tutto bene.»

Il jet comincia la sua corsa sulla pista e il mio stomaco sembra corrergli dietro. Non riesco a credere di avere questa conversazione con Chloe due anni dopo il fatto. Pensavo fossimo così legate. Ho cercato in tutti i modi di tenere aperti i canali di comunicazione. Cos'altro non mi ha detto? Vorrei interrogarla, ma non posso perché c'è Adrian. Comunque non sono sicura se ammetterebbe qualcos'altro. A quanto pare non sono più la sua confidente. Le do un'occhiata quando siamo in volo e ha ricominciato a studiare.

«Era carino? Sussurro.»

Lei sorrise. «Era il ragazzo più sexy che c'era.»

Resto a bocca aperta.

«Ed era anche brillante.»

«Quindi è stato il tuo primo ragazzo?»

«Non proprio. Più che altro un compagno di ricerca e, come si era definito? Ah sì, un trombamico.»

Adrian mi stringe la mano e mi sussurra all'orecchio: «Tu sei molto di più di una trombamica.»

Resto di sasso. Ha sentito. Sono imbarazzata per Chloe. Ha dei trombamici. Cioè, li ho anch'io, ma io sono l'adulta. Due estati fa, aveva solo sedici anni! È troppo presto. Io ho aspettato fino a diciotto. Certo, più che altro era perché fino ad allora non mi ero fidata di nessuno abbastanza da provare, ma comunque… sedici anni? Accidenti! Come ho fatto a non capirlo? Avrei dovuto notare qualcosa di diverso in lei quando era tornata dal campo estivo. Che fallimento di sorella maggiore sono.

Adrian mi dà un bacio sulla guancia, interrompendo per

un momento i miei pensieri. «Lei è okay» sussurra. «Hai fatto un buon lavoro.»

Mi cadono le spalle. Ho fatto di tutto *eppure* sembra che lei non possa venire da me per le cose importanti della sua vita. Ma non posso dirlo ad Adrian. Chloe è proprio qui e comunque non è il momento giusto.

Annuisco rigidamente.

Il pilota annuncia il tempo di arrivo stimato e sento un nodo allo stomaco. Sto tornando dove è cominciato tutto. Il mio posto felice, dove il sole brilla sempre e i miei genitori si tengono ancora per mano, mia sorella è un allegro, ridente terrore e io ho un'amica, che per caso è una principessa, e un amico che è il mio eroe.

Mi faccio forza per affrontare il dolore di una realtà che non potrà mai essere all'altezza.

~

Adrian

Porto tutti al casinò appena arriviamo. Sono appena passate le dieci di sera, ma per noi è come se fosse pomeriggio, ora di New York. Non vedo l'ora di essere messo al corrente di tutto ciò che è successo durante la mia assenza, e gli uomini sono ansiosi di giocare. Sono tutti ubriachi. Hanno cantato canzoni popolari russe durante il volo. Ho fatto mandare i loro bagagli nelle stanze preparate a palazzo. Ho organizzato tutto in anticipo con Gabriel e Anna, che hanno fatto fare un controllo di sicurezza come sempre per gli ospiti sconosciuti. Hanno tutti la fedina penale pulita. L'istinto di Sara era giusto e il suo sistema informale di informazione era accurato. Troverò una stanza degli ospiti tranquilla per Chloe, lontana dalle loro. Non voglio che si senta assillata dal loro flirtare. Ha intenzione di studiare quando non starà esplorando Villroy. Non le interessano né il casinò né la spa. Sara starà con me. Ho bisogno di dimostrarle esattamente come sarebbe perfetta, sia per il casinò sia per me.

Sistemo gli uomini a un tavolo di poker con una posta iniziale omaggio e drink illimitati, in un'area gioco privata al secondo piano. Sara resta con loro, decisa a far parte del loro divertimento. Lo capisco. Lei fa del suo meglio per anticipare i loro desideri e fare in modo che la loro esperienza sia piacevole. Se venisse a lavorare per me come direttrice di sala farebbe la stessa cosa, su una scala più vasta, sovraintendendo i clienti e il personale. Aspetterò prima di parlarne. Il primo passo era farla arrivare qui. Il mio invito ai suoi giocatori è stata un'idea spontanea che mi è venuta quando mi sono reso conto che non si stavano divertendo come al solito alla partita. Ho seguito il mio istinto, sapendo che avrebbe dato a Sara un motivo per affrontare la sua paura di Villroy. L'ho fatto per noi. Avrebbe comunque potuto dire di no e avrei capito che per noi era la fine. Io non posso abbandonare il mio casinò e sarebbe stato il segnale definitivo se lei non avesse nemmeno corso il rischio di una breve visita.

Ma lei è qui e io sono pronto con un programma a lungo termine che va ben oltre. Se fallirà e lei tornerà a Brooklyn e alle sue partite, l'unica mia preoccupazione sarà che sia al sicuro quando maneggerà i soldi. Le prenderò una guardia del corpo, se sarà necessario, ma non voglio doverlo fare. La voglio qui con me, per sempre.

Vado verso il mio ufficio e lo trovo chiuso a chiave. Busso. «Ehi? C'è qualcuno? Sono Adrian.»

La porta si apre e appare mia sorella Emma. I suoi lunghi capelli scuri sono in disordine come se ci avesse passato le mani e se li fosse tirati una montagna di volte; gli occhi nocciola sono enormi. «Oh, grazie a Dio sei tornato! Non ce la facevo più, letteralmente. Ho dovuto chiudere a chiave la porta per evitare di affrontare altri problemi. Tra il personale, le telefonate, email, i messaggi, ho quasi buttato il telefono dalla finestra! E anche il computer!»

Nascondo un sorriso, segretamente contento che pensi che il lavoro sia difficile. Stavo cominciando a credere di essere *io* il problema. «Dov'è Jackson?»

«È dabbasso, al ristorante, a occuparsi di un cliente che insiste per parlare con il direttore per quello che ritiene essere un pesce troppo cotto. Spero che lo shock e la meraviglia di vedere Jackson riesca a calmarlo.»

«Ti sono grato per aver preso il mio posto.» Si è tenuta in contatto con me, con email e messaggi riguardo ai vari problemi. C'è sempre qualcosa. Non avevo idea però che fosse tanto stressata.

Emma va alla scrivania e prende la sua borsa da un cassetto. «Sono così felice di essere solo una socia tacita. Era decisamente la scelta giusta. Gestire tutte queste persone è un incubo!»

«Ti trattavano in modo strano perché sei una principessa?»

«Trattano Jackson con i guanti di velluto perché è una rockstar. A me raccontano tutti i problemi. E non solo roba di lavoro. Sento parlare di tetti che perdono e suocere maligne.» Alza le braccia in segno di resa. «Troppa gente per me. Ritornerò nel mio piccolo studio di registrazione e alla mia vita da musicista.»

«Uhm. Mi domando come mai si confidino con te. Nessuno si è mai sentito così a suo agio con me.»

«Non lo so. Forse è perché sei così riservato.»

«Sei riservata anche tu.» Da quel punto di vista abbiamo preso da nostra madre.

«Non più tanto. La musica mi ha liberato. Devi essere tu. Il tuo atteggiamento, e qualcosa che non ispira le confidenze.» Mi dà una stretta al braccio. «Buon per te.»

«In effetti, mi sento quasi offeso. Sei stata fin troppo dolce?»

«Non lo so. Sono stata solo me stessa. E ora ho finito. Devi assumere qualcuno di alto livello, forse due persone. Questo lavoro è troppo per una persona sola. Non so nemmeno come abbia fatto tu a gestire tutto da solo così a lungo.»

«Ho in mente qualcuno. Sara Travers è qui con me.»

«Sara è qui? Oh, wow. Bello! Non la vedo da così tanto tempo. Penso che avesse dieci anni l'ultima volta. Io sono stata via per alcune estati con la mamma, in Italia, per studiare la lingua. Vado a cercare Jackson e ce ne andiamo da qui. Portami da Sara mentre andiamo.»

Saliamo al piano di sopra, nella saletta dall'altra parte del ristorante. Indico a Sara di venire da noi. Non sta giocando. Fa solo da sfondo al party.

«Emma voleva rivederti» le dico quando arriva da noi. «Ricordi mia sorella?»

Sara sorride. «Certo che la ricordo. Ti ho vista a tutti quegli eventi di beneficenza e ho sentito che hai sposato Jackson Walker. Congratulazioni.»

La fisso. Ha seguito la vita di Emma? Non avevano nemmeno passato molto tempo insieme allora. Emma ha due anni più di noi e a quell'età erano tanti. Forse ha seguito in segreto anche la mia vita? Sapeva che mi ero laureato con lode a Cambridge, anche se ha preteso che glielo avesse detto Silvia. Non ho più dubbi: Sara ha *sempre* voluto restare legata. Sento il petto che si gonfia per l'orgoglio e una fitta travolgente di affetto che mi fa venir voglia di afferrarla e abbracciarla. Devo aspettare, ma è un segnale fantastico.

«C'è anche tua sorella?» chiede Emma. «Aveva…» stringe gli occhi per un attimo, «… tre anni l'ultima volta in cui l'ho vista.»

«Chloe» aggiungo io.

Sara sorride orgogliosa. «È a palazzo e sta studiando. Adesso è al college.»

«Accidenti!» esclama Emma. «Mi sento così vecchia. Sono sicura che non si ricorderà nemmeno di me.»

«Non ricorda molto di Villroy» dice Sara. «È il motivo per cui è venuta con noi, sperando di resuscitare qualche ricordo. Ricorda poco i nostri genitori.»

«Mi dispiace per la vostra perdita» dice Emma.

Sara annuisce, con le labbra strette. Sono sicuro che l'ha sentito ripetere un mucchio di volte.

«C'è anche Jackson» dice Emma. «Ti piacerebbe conoscerlo?»

Sara si illumina. «Mi piacerebbe moltissimo.»

Gli uomini appoggiano le carte sul tavolo e concordano entusiasti.

Emma guarda la scena. «Lo farò venire qua per un momento. Continuate pure a giocare. Potrebbe volerci un po'.»

Poco dopo, Jackson arriva con il suo solito passo spavaldo. Non può farne a meno. È una rockstar.

I ragazzi perdono la testa, balzano in piedi e lo circondano. Due guardie si avvicinano indicando di lasciare un po' di spazio.

«Io sono un tuo fan!» esclama Sergei.

«Sei fantastico!»

«La tua musica più recente è perfino migliore di quella vecchia.»

«Suoni ancora con la tua band?»

Jackson è cortese, risponde educatamente o forse è solo il suo accento inglese che lo fa sembrare educato. I capelli biondo scuro sono tagliati corti, come la barba. Lo presento a Sara e lui le sorride con calore. «Sono felice di conoscerti, Sara.»

Lei arrossisce. «Se non è troppo da geek, posso avere il tuo autografo?»

Gli uomini reclamano anche loro un autografo. Tendono un mucchietto di tovagliolini, quasi sbattendoglieli in faccia. Jackson si siede al tavolo da poker e chiede una penna. Emma ne toglie una dalla sua borsa. Lui scrive diligentemente il suo nome un mucchio di volte.

Finalmente si alza e si stiracchia. «Bene. È stato un piacere conoscervi. Emma e io dobbiamo andare. Godetevi la serata, eh.»

Se ne vanno e tutti gli uomini lo fissano, impressionati. Abbagliati. Spero che sia valsa la pena di fare il viaggio. Jackson è una star internazionale. Ovviamente ne avevano sentito parlare.

Prendo da parte Sara. «Vieni nel mio ufficio quando puoi. Voglio farti fare un giro "dietro la scena" e mostrarti come io stia facendo il lavoro di due persone.» Sorrido. «Almeno è quello che dice Emma. Era così felice che fossi tornato.»

«Ne sono certa» mormora. «Okay. Ti manderò un messaggio appena posso allontanarmi.»

Torno nel mio ufficio e comincio a guardare le carte. Emma mi ha lasciato le fatture, dato che non voleva intromettersi nelle questioni di soldi. È la prima voce di una lunga lista.

Un'ora dopo, il telefono segnala che è arrivato un messaggio. È Sara. Dice che gli uomini sono andati al ristorante per uno snack. Le indico come arrivare nel mio ufficio.

Quando entra, pochi minuti dopo, si guarda attorno. «Allora è qui che avviene la magia.»

«Non proprio la magia, ma una montagna di lavoro. Io sono il cervello, le finanze, i rapporti con i clienti. Sai qual è la parte in cui non sono bravo?»

«Il cervello.»

«Ah-ah. I rapporti con i clienti. E anche con il personale. Mi conosci, preferisco trattare con i numeri.»

«Hai veramente un bel posto. Dovresti esserne fiero.»

«Lo sono, ma tu non hai praticamente visto niente.»

Lei indica la porta. «Ho visto l'atrio, l'area gioco principale, il tuo ufficio, il ristorante e la stanza privata dove c'era la partita.»

Mi alzo ed esco da dietro la scrivania. «Okay, lascia che ti presenti il personale e poi c'è dell'altro da vedere. Qualche altra stanza, la zona cambiavalute e una sorpresa al piano di sopra.»

«Una sorpresa sexy?»

Ridacchio e le prendo la mano, intrecciando le dita. «Quella dopo.» La guido fuori dall'ufficio.

«Chloe dice che ti ho tenuto segreto.»

«Com'è possibile? Ci conoscevamo tutti da ragazzi.»

«Dice che sei il mio boyfriend e non gliel'ho mai detto. Sta solo cercando di farmi capire che non ci diciamo tutti i nostri fatti privati.»

«Tutti hanno dei segreti, immagino, ma noi non siamo proprio un segreto. Avresti potuto dirle che stiamo insieme.»

Sara resta in silenzio e ho la sgradevole sensazione di esserci dentro corpo e anima, mentre lei ha parecchie riserve. Non riesco a credere di essere proprio io quello che vuole parlare di relazioni. Di solito scappavo prima ancora che potesse essere pronunciata la parola *relazione*. Il karma, amici.

La porto nella stanza dei cambiavalute, con le sue molte casseforti e lo staff della sicurezza.

«Wow! È veramente fantastica.»

Indico l'ufficio dell'assistente quando gli passiamo

davanti, vuoto a quest'ora e la porto nella sala delle slot machine.

Lei va su e giù per le corsie. «Rumorosa ma divertente. Qual è la vincita massima?»

«Cinquecento euro.»

Lei fa un fischio. «Molto bello.»

La guido fori, con la mano appoggiata alla sua schiena. «Stiamo lavorando per attirare le balene. Ci sono anche alternative meno costose, ma vogliamo che i grandi scommettitori siano abbastanza interessati da cercarci.»

«Brillante.»

Indico per nome alcune delle guardie e i croupier, ma non voglio interromperli mentre stanno lavorando. Finiamo al ristorante e al bar, dove le offro un drink.

«Sicuro!» dice, sedendosi su uno sgabello. Sono contento che finora le piaccia.

«Sara! Vieni da noi!» I suoi giocatori la stanno chiamando da un tavolo carico di aragoste e chele di granchio.

«Verrò dopo il mio drink» dice loro con un sorriso solare. Sunny Sara. No, lei è la *mia* Sara.

«Fino a che ora siete aperti?» mi chiede.

«Dalle undici del mattino fino alle due di notte. Il personale fa i turni. Normalmente io sono qui per tutto il tempo.»

«Quindi questa è praticamente tutta la tua vita.» Indica tutto quello che abbiamo intorno. «Lavori, dormi, lavori.»

«Fondamentalmente sì. Ma sono sicuro che sia così per quasi tutte le nuove imprese.»

Arriva il suo drink, un Martini, insieme alla mia birra. Lei succhia l'oliva e i miei pantaloni diventano stretti.

Bevo un sorso di birra, cercando di darmi una calmata.

«Non è così che funziona il mio lavoro» dice, sorseggiando il suo Martini. «Ho un mucchio di tempo libero. È favoloso.»

«E che cosa fai nel tuo tempo libero?»

«Curo i miei contatti, cercando sempre nuovi giocatori, specialmente quelli con un mucchio di soldi. E visito i ristoranti per trovare sempre nuove idee per i menu e nuovi posti interessanti. Cerco di mantenere tutto nuovo e fresco.»

«Quindi il tuo tempo libero in realtà è lavorativo?»

«Mi alleno anche. Corro tutti i giorni.»

«Quando hai tempo per i tuoi amici?»

Lei smette di guardarmi negli occhi. «Li infilo qua e là.» Sospetto che se ne stia da sola. Chloe è l'unico vero legame che ha e adesso è un'adulta.

«Dovresti lavorare qui» dico.

Lei sorride nervosamente e beve un sorso di Martini.

«Mi servirebbe veramente il tuo aiuto.»

Lei scuote la testa.

«Perché no?»

«Adrian! Ancora con il tuo "perché no"?»

«È una domanda valida.»

«Perché ho una vita a casa. Ho Chloe. E non credo di poter mai essere a mio agio qui.»

«Lo saresti. Ti senti a tuo agio adesso, no?»

«Sì, ma siamo arrivati di sera. Ho visto solo lo yacht, l'auto e il casinò.»

«Stanotte vedrai il palazzo.»

«Al buio. Inoltre non ho mai visto la tua stanza, quindi so che non scatenerà nessun ricordo.»

«È un bene. Sarà un ricordo nuovo per te. Voglio creare dei nuovi ricordi con te qui a Villroy.»

Lei finisce il suo Martini. «Sarà dura domani vedere tutto alla luce del giorno.»

«Sarò con te in ogni momento. Nel frattempo, pensa a come sarebbe essere il mio braccio destro. Potremmo gestire questo posto insieme. Io più sullo sfondo, a occuparmi delle finanze e delle strategie di marketing, tu a lavorare con il personale e tenere i rapporti con i clienti. Ti pagherei un salario fantastico. Potresti vivere a palazzo con me, oppure potremmo trovarti un posto qui vicino se non sei pronta a vivere con me. Posso essere paziente, purché tu faccia parte della mia vita.»

Lei batte lentamente le palpebre e poi scuote la testa come se non riuscisse a credere alla mia offerta. «Pensi ancora che quello che faccio a casa sia così pericoloso?»

«Il modo in cui maneggi il denaro è pericoloso, il fatto che operi da sola, il rischio finanziario personale che ti assumi coprendo le scommesse. Con tanto denaro puoi attirare ogni tipo di persona. E se ti capitasse qualcosa? Allora chi ci sarebbe per Chloe?»

Le si riempiono gli occhi di lacrime, e li sbatte rapidamente. «Non ci ho mai pensato in quel modo. L'ho fatto per lei. Era tutto un rischio calcolato.»

Colgo di sfuggita i movimenti dei suoi giocatori e li indico con il mento. «I tuoi sembrano innocui.»

Li guardiamo entrambi mentre due di loro usano le chele di granchio a mo' di spade. Ridiamo.

Io torno serio. «Saresti perfetta per questo lavoro.»

Lei sembra diffidente.

«Non ti sto chiedendo di impegnarti. Solo di prendere in considerazione questo lavoro.» Le metto una ciocca di capelli dietro l'orecchio, accarezzandole la guancia con il pollice. «E voglio che tu stia con me, se non fosse ancora chiaro.»

I suoi occhi verdi mi scrutano il viso, come se stesse cercando di valutare la mia sincerità. Sono sincero e sono innamorato di lei. So che non è ancora pronta a sentirlo. Un passo alla volta. Non posso perderla dopo aver aspettato tanti anni per ritrovarla.

11
____

Il pomeriggio seguente, siamo tutti di nuovo nel casinò, eccetto Chloe, che è rimasta nella sua stanza a studiare. Ho fatto una breve visita alla spa questa mattina, ma l'intimità di un massaggio mi mette a disagio, quindi non c'era molto che mi attirasse. Tutti gli uomini si sono fatti fare un massaggio, alcuni addirittura un trattamento al viso. Sono rimasta scioccata. Mentre erano occupati, ho seguito Adrian mentre lavorava, affrontando i diversi problemi man mano che si presentavano. Devo ammetterlo, è un lavoro interessante. È un po' come quello che faccio, ma in un mondo interconnesso. Ho capito che potrei essere a mio agio in quest'ambiente; è come se fosse un piccolo quartiere. Tutto il personale lavora per lo stesso scopo: il divertimento. È il tipo di attività che faccio io.

Gli uomini andranno a Monte Carlo per la cena stasera e per giocare. Ho in programma di andare con loro, anche se Adrian vuole che resti qui con lui. Non capisce che ho bisogno che i miei giocatori associno mentalmente me al gioco. _Io_ sono quella che fornisce il divertimento. _Io_ preparo tutto. Io sono Sunny Sara, quella sullo sfondo a cui possono sempre rivolgersi per qualsiasi cosa. Beh, quasi per qualsiasi cosa.

Siamo sulla terrazza sul tetto per una partita di poker con vista quando appare Adrian. Si avvicina al nostro tavolo, si china e mi bacia la guancia. Io arrossisco alla sua informale dimostrazione di affetto e mi rendo conto di colpo che sto sorridendo. È riuscito a conquistarmi con la sua sicurezza che è destino che stiamo insieme. Sto cominciando a credergli. Il mio Adrian, il mio eroe.

Lui si rivolge ai giocatori. «C'è qualcuno qui che è un fan degli Yankees?»

Sulla terrazza appare un ex-giocatore degli Yankees e i miei uomini balzano tutti in piedi. È praticamente una ressa per arrivare da lui e poi appaiono altri ex-giocatori di baseball. Alcuni degli Yankees, alcuni di altre squadre. Non c'è niente come gli atleti professionisti per tirar fuori il ragazzino negli uomini adulti.

Un momento dopo, ci sono due tavoli con gli ex-atleti e i miei giocatori mischiati. Ruotano dopo ogni giro, in modo che tutti possano avere la possibilità di conoscere gli atleti. Mi assicuro di incontrarli tutti e far sapere loro che organizzo delle favolose partite a Brooklyn. I miei uomini sono al settimo cielo, e ne sono felice.

Quando Adrian annuncia che il jet è pronto per portarli a Monte Carlo, sono diventati tutti amiconi.

Ivan mi tira da parte. «Grazie per questo viaggio. Questa gente è incredibile.»

Gli rivolgo il mio miglior sorriso da Sunny Sara. «Piacere mio, Adrian mi ha aiutato molto. È bel vantaggio conoscere gente altolocata.»

«È vero. Ascolta, Mario ci ha invitato alla sua partita a Manhattan la settimana prossima. Sono tutti ex-giocatori degli Yankees e alcuni dei Mets. Anche qualcuno di quelli ancora in attività. Ruotano, a seconda di chi è in città. Hanno detto che c'è posto per noi. Giocano in una sala con parecchi tavoli. Capisci vero? È un'occasione troppo ghiotta per lasciarcela scappare.»

Sento un nodo allo stomaco. «Certo, divertitevi. Solo una partita, giusto?»

Lui guarda indietro, verso i suoi nuovi amici. «Dipende.

Vedremo.» Mi guarda negli occhi. «Volevo solo essere sincero con te.»

Merda. Li sto perdendo. Poker con atleti professionisti. Poste più alte, eccitazione da fan. Non posso concorrere con roba simile e lo so. Ho voglia di piangere. La mia attività sta andando in pezzi davanti ai miei occhi. Il lavoro migliore, più lucrativo che abbia mai avuto.

«Siamo ancora d'accordo per la settimana successiva, giusto?» chiedo, cercando di non sembrare disperata.

«Te lo farò sapere» mormora prima di tornare al gruppo.

Ho perso la mia attività. Non riesco a crederlo. Un incontro fortuito con un giocatore di baseball ed è finito tutto. Siamo andati benissimo per oltre due mesi. Cominciavo finalmente a credere di poter respirare, di aver risolto i miei problemi di soldi. Adesso dovrò ricominciare tutto da capo. Manhattan è in mano a Lee Tran. Sarei fuori dal gioco (o peggio) se tentassi di cacciare nel suo territorio. Dovrò tentare di nuovo a Brooklyn e alla svelta, prima che qualcun altro metta in piedi un giro più desiderabile. O arrivare fino a Long Island, che significherebbe praticamente ricominciare da zero, cercando di creare dei collegamenti e trovare i posti migliori. Dio, che schifo!

Adrian appare di fianco a me. «Vuoi ancora andare con loro a Monte Carlo? Sembrano piuttosto felici con i loro nuovi amici.»

I miei giocatori stanno parlando, ridendo e dandosi delle pacche sulle spalle.

Mi sento stizzosa davanti alla loro ovvia contentezza. «Dovevi veramente portare qua gli atleti?»

«È la prima volta che vengono qui. Ero eccitato anch'io. È Jackson che li conosceva e li ha invitati qui. Non sapeva quando sarebbero venuti.»

Sospiro mentre i *miei* giocatori escono con i loro nuovi amici, talmente occupati a chiacchierare che non si accorgono nemmeno che non sono con loro. Mi bruciano gli occhi. «Li ho persi» mormoro. «È inutile che vada con loro.»

Adrian mi mette un braccio sulle spalle. «Sono sicuro che

non li abbia persi per sempre. Vogliono solo divertirsi un po'
stasera. E la parte migliore è che ti ho tutta per me.»

Mi scrollo il suo braccio dalle spalle. «Ivan mi ha detto che
la settimana prossima parteciperanno a una partita con loro, a
Manhattan. Resteranno con loro quanto più a lungo sarà
possibile: piatti più invitanti, celebrità. Non posso concorrere
e non posso nemmeno infilarmi nelle loro partite. C'è già
qualcuno che gestisce Manhattan.»

«Tu gestivi Brooklyn?»

«Ci stavo arrivando. Era il passo successivo. Ci sono
alcune altre partite private, ma le mie erano le migliori.»
Guardo il cielo, cercando di impedire alle lacrime di scendere.

«Sara, non era mia intenzione rovinare la tua attività.
Stavo solo cercando di farli divertire facendo loro conoscere
gli atleti.»

Io sbatto in fretta gli occhi e asciugo una lacrima con il
pugno. «Oh, si stanno divertendo.»

Lui mi stringe una spalla. «Vuoi continuare a seguirmi? La
sera del sabato è quella più affollata.»

«In effetti, penso che tornerò a palazzo e passerò un po' di
tempo con Chloe.» Faccio un respiro profondo. «Se riesco a stac-
carla dai suoi studi per un po'. Quella ragazza non smette mai.»

«Okay. In bocca al lupo. Farò venire un'auto per riportarti
a palazzo e poi ci vedremo stasera.»

Io annuisco, rigida.

«Stai bene?»

«No, ma passerà.» Questa sono io, pronta ad affrontare
nuove sfide, come sempre, per assicurarmi che tutto vada
nella giusta direzione.

«Puoi aspettare nel mio ufficio finché arriverà l'auto.»

«Aspetterò di fuori.» Cerco di sorridere ma non ci riesco.

Riesco a mantenere il controllo fino a quando sono fuori
dal casinò prima di scoppiare in lacrime.

Uffa. Mi asciugo furiosamente le lacrime. Non servono a
niente. Devo mantenere la testa lucida e pensare al prossimo
passo. Cammino intorno all'edificio per andare a guardare il
mare. Siamo quasi al tramonto. Bello, ma non riesco ad

apprezzarlo. E dato che mi sento già da schifo, guardo verso la spiaggia nord, dove risiede la maggior parte dei miei ricordi, ma la spa mi impedisce di vederla. Ricordo che c'era una roccia nera. Sembrava sempre così lontana. Adrian mi aveva sfidato a raggiungerla. E ovviamente avevo accettato. Ricordo che galleggiavo nell'acqua e gli parlavo dei litigi dei miei genitori e che temevo avrebbero divorziato, e poi avevamo fatto a gara per tornare indietro e mi ero ferita, probabilmente contro una roccia sommersa.

Quel ricordo non è difficile. Adrian era rimasto con me finché non avevo incontrato mia madre nell'ambulatorio. A casa avevo ricevuto un mucchio di attenzioni, tutti che si affaccendavano intorno a me, perfino Chloe, che aveva solo cinque anni, che mi portava gli snack per evitare che dovessi saltellare con il piede ferito. Forse *potrei* rivedere la spiaggia nord. Scommetto che è rimasta esattamente la stessa. Adrian mi ha detto che l'unica parte dell'isola che era cambiata era questa, con la spa e il casinò.

Aspetterò di rivederla con Chloe. Sono solo le cinque. Dovremmo avere tempo.

L'auto richiesta da Adrian arriva poco dopo e mi porta lungo la strada serpeggiante verso il palazzo. Passeremo davanti al mio vecchio cottage. È la prima volta in cui lo vedrò alla luce del sole. Questa mattina, quando avevo fatto la stessa strada con Adrian, mi ero concentrata di proposito su di lui, fingendo di non accorgermi che passavamo davanti. Ora che ho già pianto, non mi sembra di dovermi tenere così strettamente sotto controllo. Come se non dovesse essere una fitta di emozioni così forte da travolgermi, ma piuttosto come un'altra ondata d'acqua. Le mie fondamenta sono già state scosse. So di dover ricominciare da capo. Non penso di potermi sentire peggio e forse mi farà sentire meglio. Una specie di chiusura.

Oh, eccolo! È esattamente come lo ricordavo, bianco con la porta azzurra, infissi e scuri azzurri. È un cottage a due piani, con due stanze da letto. C'è un patio sul retro, con un bel panorama. Mi chiedo se la coppia di anziani viva ancora lì. Di colpo mi viene voglia di vedere l'interno, ma aspetterò di avere Chloe con me.

Adrian aveva ragione. La Sara adulta ce la può fare. Sarei sicuramente crollata se l'avessi visto quando ero ancora un'adolescente in crisi, che cercava di tenere insieme la nostra piccola famiglia, ma adesso è fattibile. In effetti, mi sento già più forte. I miei genitori adoravano questo posto e volevano che mia sorella e io avessimo le nostre estati spensierate in mezzo alla natura con l'aria fresca e il mare, lontano dal calore soffocante della città. Sono stata fortunata ad avere Villroy nella mia vita. È un regalo che mi hanno fatto, dandomi nel contempo anche Adrian e Silvia. Ho avuto paura di Villroy e dei suoi ricordi per tanto tempo, ma è sempre stato solo un dono.

Sento un profondo senso di pace. Voglio veramente condividerlo con mia sorella.

Torno a palazzo e vado direttamente nella stanza di Chloe. Lei non c'è. Le mando un messaggio.

Dove sei?

Nessuna risposta.

Ho il cuore in gola. *Okay, niente panico.* Spesso spegne il telefono quando sta studiando. Trovo un domestico e chiedo se sanno dov'è andata, ma non lo sanno. Poi chiedo indicazioni per andare nella biblioteca del palazzo, ma non è nemmeno lì. Provo nei giardini. Niente da fare. Le mando un altro messaggio e le dico di tornare da me in modo da poter fare un giro per Villroy insieme. Adesso sono pronta.

Girovago nei giardini, dove non sono mai stata, e mi trovo sulla spiaggia. Mi siedo lì per un po', riflettendo. Verificherò la mia lista d'attesa di giocatori e ricomincerò da capo. Il problema è che la maggior parte di quelli sulla lista sono amici dei miei (ex) giocatori e probabilmente sentiranno parlare del giro di Manhattan e vorranno entrarci. Potrei tornare a fare la cameriera, cercare un altro impiego in ufficio, ma era maledettamente estenuante. E poi c'è Adrian. Mi ha offerto un lavoro qui, un posto dove vivere gratis. È l'ideale, sotto molti punti di vista, ma vuole anche dire impegnarmi con lui. E se non funzionasse? Allora sarei incastrata qui, con lui come capo. Le cose potrebbero mettersi male.

E poi c'è Chloe. Non posso vivere così lontano da lei. So che ha ancora bisogno di me, anche se non lo crede.

Controllo il telefono. Nessuna risposta da parte sua. Mi alzo e tolgo la sabbia dai vestiti. Dove può essere? È un'isola, non può essere andata molto lontano. Sono troppo nervosa per restare seduta, quindi decido di fare da sola il tour delle estati passate. Forse sarà meglio così. Se mi metterò a piangere, non ci sarà nessuno a vedermi. Ho sempre cercato di essere forte per Chloe.

Appena rientro a palazzo, chiedo al primo servitore che trovo di procurarmi un autista per portarmi in giro. Non ci vuole molto perché una Mercedes si fermi nel cortile. Salgo sul sedile anteriore. Sorrido all'autista, un uomo magro sulla cinquantina, con un berretto sulla testa calva. «Salve, la ringrazio. Sono Sara.»

«Sì, signora. Sappiamo tutti chi è. Io sono Antoine.»

Davvero? Sanno tutti chi sono? Forse Adrian ha dovuto far approvare il mio soggiorno e informare tutti. «Sono lieta di conoscerla, Antoine. Vorrei andare a vedere la spiaggia nord.»

Lui china la testa e partiamo. Passiamo davanti al mio vecchio cottage mentre scendiamo dalla collina. C'è una luce accesa. Immagino la coppia di anziani lì dentro, che magari sta preparando la cena.

Appena la spiaggia è in vista, vedo la roccia nera. È grande e imponente come la ricordavo. Wow. Abbiamo veramente nuotato molto al largo, considerando che avevamo solo dodici anni. È ben oltre i frangenti.

«Resterò solo qualche minuto» dico ad Antoine.

«Si prenda tutto il tempo che vuole, signora.»

«Grazie.»

Scendo dall'auto e faccio il lungo percorso fino alla spiaggia. Mi fermo per togliermi le scarpe e le calze e affondo le dita nella sabbia morbida, chiudendo gli occhi per un momento mentre i ricordi mi invadono la mente: castelli di sabbia, noi che scavavamo per cercare i granchi, lisciavamo un posto per appoggiare una coperta per il picnic, la *cabana* e la nostra zona di sabbia per giocare a carte. Apro gli occhi e respiro a fondo. Va tutto bene. Sto bene.

Passavo la maggior parte del tempo qui con Adrian, Silvia, Chloe e un entourage di guardie e bambinaie. A volte si univano a noi anche i miei genitori, ma penso che fossero contenti di poter passare il tempo da soli. Non ho mai chiesto che cosa facessero quando eravamo qui. Forse andavano in un'altra spiaggia e aprivano un paio di sedie a sdraio, godendosi la pace e la quiete lontano dalla città e dalle loro due figlie turbolenti. Era Chloe quella veramente turbolenta. Io ero solo esuberante e appassionata. Vorrei essere di nuovo quella ragazza invece di sentirmi sopraffatta dal peso delle responsabilità.

Continuo a camminare verso il mare, lasciando che le onde mi bagnino i piedi. L'acqua è più fresca di com'era quelle estati, visto che siamo all'inizio di ottobre, ma non molto. Mi piego e passo le dita tra le ondine. Mi volto, la spiaggia è vuota ma riesco a vedere vividamente nella mia mente la mia ultima estate qui: io e Adrian che giochiamo a carte nella *cabana*. Chloe e Silvia che costruiscono un complicato castello di sabbia. Le biciclette. Nuotare. Silvia che legge.

Adrian e Silvia sono cresciuti e diventati la versione completamente sbocciata di loro bambini. Silvia è passata dall'essere un topo di biblioteca a diventare un'editor, e Adrian, da un precoce, favoloso giocatore di poker qual era è diventato uno squalo e gestisce il suo casinò. Siamo solo Chloe e io che non siamo più le stesse. La frattura nel nostro percorso verso l'età adulta è stata troppo straziante per permetterci di svilupparci secondo lo stesso schema. Chloe avrebbe dovuto essere uno spirito libero, magari marciando per Greenpeace o roba simile, invece di essere una seria e noiosa studentessa. E io? Mi sembra di stare appena cominciando a tornare a ciò che amo veramente: il poker, dopo aver affrontato una lotta senza fine.

La brezza è come una carezza sulla mia pelle e mi arruffa i capelli. Non è male. In effetti, è un bene vedere la mia vita con una nuova lucidità. Torno dall'autista e gli chiedo di portarmi al cottage. Spero che alla coppia di anziani che vive lì non dispiaccia lasciarmi dare un'occhiata all'interno. Li ho incontrati solo un paio di volte mentre loro se ne andavano, ma ricorderò loro chi sono. Dovrebbero essere abbastanza amichevoli. Conoscevano la famiglia di mio padre in Francia.

Non è un viaggio lungo e sono sorprendentemente calma mentre vado alla porta e suono il campanello. La luce è ancora accesa nel soggiorno e c'è una vecchia Renault parcheggiata sul vialetto.

Suono di nuovo il campanello. Questa volta sento dei passi. La porta si apre e vedo un giovanotto a torso nudo con muscoli impressionanti, con indosso solo un paio di jeans. I capelli biondi sono corti e i lineamenti spigolosi un po' minacciosi. Un tipo duro. Che cos'è successo alla coppia di anziani?

Mi butto. «Salve, sono Sara Travers. La mia famiglia una volta prendeva in affitto questo cottage quando eravamo bambini e speravo di poter dare un'occhiata per amore dei vecchi tempi.»

«Sara?» Sento una voce femminile molto familiare.

«Chloe!»

12
___

Sara

Non riesco a credere ai miei occhi. Chloe è nuda, avvolta in un lenzuolo azzurro.

Il mio sguardo torna di colpo al tipo duro. Dentro di me si scatena una rabbia letale. «Che diavolo sta succedendo qui? Quanti anni hai?»

Lui guarda Chloe. «Ti lascio alla tua visitatrice.» Torna tranquillamente nella camera da letto. Spero per vestirsi.

Seriamente, che cazzo! Entro. «Che cosa sta succedendo?» Lo so, ma non voglio che sia vero. Ha diciotto anni! Non conosce quest'uomo!

Chloe sospira. «Rilassati. Non c'è problema.»

La guardo furente, incrociando le braccia. «Pensavo stessi studiando.»

«È così, ma poi ho pensato. Quando tornerò mai a Villroy? Dovrei vederne un po' di più.»

«Sì, Villroy! Non...» Indico la camera da letto, «... chiunque sia quello. Dovevamo vedere insieme il cottage.»

Il lenzuolo scivola e lei lo risistema. *Non riesco nemmeno...* «Lo so, ma tu eri occupata e non volevo aspettare.»

Guardo l'uomo che ha appena violato mia sorella uscire dalla camera con una maglietta grigia aderente con i jeans e andare in cucina.

«Chi è quel tizio?» sussurro ferocemente.

«Michael. È una guardia del palazzo.»

«Vai a letto solo con tizi che si chiamano Michael?» era il nome del suo trombamico al camp dei nerd.

Chloe sorride, piegando di lato la testa. «Divertente. Non avevo fatto il collegamento. Totalmente casuale.»

«Quindi ti sei presentata qui, hai chiesto di visitare il cottage e ti sei messa nuda?»

«Più che altro ho chiesto di fare un giro e lui è stato tanto cortese da permettermelo. Ricordavo solo la cucina. Ci siamo seduti e abbiamo preso il tè.»

«E poi ti ha strappato gli abiti di dosso?» Sono sicura che sia Michael l'aggressore. Quell'uomo trasuda testosterone. Lo prenderò a calci in culo, o almeno andrò dal suo capo. Adrian ne sentirà decisamente parlare. Le guardie del palazzo dovrebbero proteggere, non sedurre innocenti studentesse in visita.

«È così che vanno i tuoi appuntamenti?» chiede Chloe con un'espressione divertita.

«Non è divertente! E non stiamo parlando di me. Che cosa dovrei pensare? Hai solo un lenzuolo addosso.»

«Non so perché dovrei spiegartelo, ma eccola qua, l'intera, sordida storia. Pronta?»

Annuisco, cercando di mantenere un'espressione impassibile mentre mi preparo al peggio. Le linee di comunicazione sono aperte.

Lei continua. «Ho spiegato a Michael perché ero qui, sai, per cercare di ricordare i nostri genitori. Lui mi ha detto di essere anche lui un orfano. Abbiamo parlato per un po' e poi mi ha invitato a restare a cena. Ho suggerito che invece ci baciassimo e lui ha capito l'antifona. Da lì le cose sono proseguite proprio bene.»

Bell'antifona. Mi passo le mani tra i capelli. Niente giudizi. Mi ha parlato, le linee di comunicazione sono aperte, ed è la cosa importante. «Okay, allora vestiti. Poi puoi far fare a me un giro e torneremo a palazzo per la cena.»

Lei guarda verso la cucina, dove c'è Michael. «Voglio restare qui ancora un po'. Dice che mi riaccompagnerà a palazzo quando voglio. Ti manderò un messaggio quando sarò per strada.»

«Ti ho mandato dei messaggi, sai.»

Lei sorride, con gli occhi verdi che scintillano. «In quel momento ero occupata.»

Stringo i denti. La mia sorellina ha dei trombamici. Non è quello che volevo per lei. Volevo che avesse dei boyfriend, ragazzi che la trattassero con rispetto. Volevo che avesse tutto ciò che io non ho potuto avere. Sono io quella spezzata. Ho dedicato tutta la mia vita a mantenere lei integra.

«Sara, hai detto che volevi che mi divertissi un po' al college, e quindi lo sto facendo.»

«Questo non è il college!» Cerco di assumere un tono calmo, ragionevole. «E non intendevo questo tipo di divertimento.»

Lei fa spallucce e il lenzuolo scivola, mostrando una tetta. C'è il segno di un morso. Distolgo in fretta gli occhi.

«Ooops» dice lei. «Torno fra un momento.»

Resto lì, con le braccia conserte, ribollendo in silenzio. Chi è questa donna?

E poi di colpo capisco. Chloe è una donna adulta. Deve prendere le sue decisioni, commettere i suoi errori. Devo smetterla di cercare di farle da madre.

«Vorresti un po' di tè, Sara?» chiede Michael, appoggiandosi con aria tranquilla all'arcata che separa la cucina dal soggiorno.

«No, grazie» dico a denti stretti.

Lui si raddrizza. «Per rispondere alla tua domanda, ho ventisei anni. Questo cottage mi è stato assegnato dalla famiglia reale perché sono il capitano delle guardie. Gestisco il loro addestramento.»

Questo cottage adesso è della famiglia reale? L'hanno fatto per rispetto dei miei genitori? La coppia di anziani è morta o si è trasferita? È strano che la famiglia reale abbia comprato proprio questo cottage.

«Possiedono altri cottage da dare in uso al loro personale?»

«Questo è l'unico, che io sappia.»

Così strano. Dovrei chiedere ad Adrian.

Chloe ritorna con una canottiera e i jeans e le sue solite Keds bianche. «Pronta per il tour?» chiede allegra. Qualcuno è di buonumore dopo la scopata. *Non pensarci.*

«Certo» borbotto, ancora scossa dallo shock di sapere che mia sorella ha fatto sesso con qualcuno a caso. Faccio un respiro profondo. Devo lasciarle vivere la sua vita alle sue condizioni.

Lei viene da me, con gli occhi pieni di compassione. «Scusami. Io non ho gli stessi ricordi che hai tu. Non volevo scherzarci su. Puoi veramente guardarti intorno. Potrei semplicemente dirti quello che ricordo più tardi, oppure no. Quello che preferisci.»

Mi si riempiono gli occhi di lacrime, perché Chloe è veramente gentile e calorosa e so che è anche merito mio. Le stringo un braccio. «Grazie, ma credo che andrà tutto bene. Sono venuta qua perché dopo essere andata alla spiaggia nord, mi sono resa conto che mamma e papà desideravano che avessimo quelle estati meravigliose qui, lontano dalla città. Villroy è un regalo che ci facevano.»

Chloe annuisce. «Siamo state fortunate a venire qua. È bello e abbiamo fatto amicizia con un principe e una principessa, ci pensi? Quando ero piccola non capivo chi fossero. Pensavo solo che fossero ragazzi di qui con un mucchio di babysitter.»

Sorrido. «Già, le loro guardie e le bambinaie erano sempre con noi. Adrian e Silvia sono stati anche loro un dono per noi. Erano veramente gentili con entrambe e tu non eri facile quando eri piccola. Eri una specie di diavolo della Tasmania, ne combinavi una dopo l'altra.»

I suoi occhi si illuminano. «Ad esempio?»

«Facevi il bagno nuda nell'oceano e correvi nuda per tutta la spiaggia.»

Chloe scoppia a ridere. «Non lo ricordo.»

«Pretendevi di essere Godzilla e distruggevi i castelli che Silvia ti aveva aiutato a costruire, gettavi il nostro pranzo ai gabbiani, staccavi le zampe ai granchi. O mio Dio, una volta ti sei messa in bocca un pesciolino e l'hai ingoiato involontariamente!»

Lei arriccia il naso. «Che schifo. Perché l'ho fatto?»

Ridacchio. «Pensavi di poterlo tenere in vita con la saliva nella tua bocca e portalo a casa, come un animaletto domestico. Eri veramente sconvolta quando ti abbiamo detto che era andato per sempre.»

Chloe mi sorride. «Sono lieta che te la senti di parlarmi di queste cose. Mi preoccupava che volessi dimenticare quelle che io ricordavo come una serie di giornate felici piene di sole.»

Lascio andare il fiato che stavo trattenendo. «Le ricordo anch'io così. Penso che aver ripreso i contatti con Adrian e Silvia abbia reso più facile tornare in questo posto. Ho pianto per mamma e papà quando ho deciso di venire qua, e penso che mi abbia veramente aiutato. Mi sono sentita in pace.»

Chloe mi abbraccia. «Ne sono lieta.» si stacca e indica la stanza. «Hai visto il soggiorno e lì c'è la cucina.»

Michael appare di nuovo nell'arcata della cucina e non si muove apposta quando Chloe cerca di passare. Lei gli sorride, con le mani sui suoi bicipiti massicci, strofinandosi contro di lui per passare. Lui sorride e poi esce dalla cucina, facendomi segno di passare.

Raggiungo Chloe nella piccola cucina. «Oh, la ricordo! È esattamente la stessa.» Il pavimento a scacchi bianchi e neri, il tavolo di legno lucido e le sedie con i cuscini. Mi giro. Il lavandino e i rubinetti sono gli stessi. «Hanno cambiato gli elettrodomestici e tolto la carta di parati con le conchiglie e le tende di pizzo bianco.»

Mi metto di fronte al lavandino e guardo fuori dalla finestra. Più che altro si vede il cottage accanto, ma se allungo il collo, riesco a vedere il mare.

Mi volto a guardare Chloe. «Che cosa ricordi della cucina?»

«Stranamente ricordo il pavimento. Più che altro ricordo quando giocavo sulla spiaggia.»

La seguo fuori dalla cucina e nel corridoio verso le camere. Metto la testa dentro la stanza da bagno mentre passo.

L'hanno ammodernata con un lavello e un ripiano nuovi e anche le piastrelle sono cambiate. Tutto bianco. «Credo che una volta fosse tutto beige» dico.

Do una lunga occhiata alla porta aperta della stanza da letto che una volta era dei miei genitori e distolgo gli occhi, ma non perché me li ricordi. È perché c'è un letto king-size con le lenzuola azzurre stropicciate. Lo stesso lenzuolo azzurro che aveva usato mia sorella per coprirsi.

Chloe apre la porta della stanza dove dormivamo di solito noi. I vecchi mobili e il vecchio tappeto non ci sono più, le pareti non sono più gialle ma avorio. Adesso è diventata una sala musica con una tastiera, una chitarra acustica, un violino e una piccola libreria con degli spartiti. In cima alla libreria c'è un'armonica.

«La tua guardia è un musicista» dico, sorpresa. Pensavo che per divertirsi giocasse al lancio dei pali del telefono. Qualcosa di barbaro, insomma.

Chloe annuisce. «È poliedrico. Dice che suonerà qualcosa per me dopo cena. Vuoi restare con noi?»

«No, va bene così. Ti lascio al tuo appuntamento.»

Chloe fa un versaccio. «Non è un appuntamento, è solo una botta e via.»

Stringo le labbra. «Te l'ha detto lui?»

«No, sono stata io a dirglielo. Partirò domani e il suo posto è qui. Situazione perfetta per entrambi.»

«Resterete in contatto?»

Lei alza una spalla, indifferente. «Non ne vedo l'utilità.»

Ho fallito anche in questo con lei? Il fatto di non avere legami con nessuno è stato un pessimo esempio per lei, e adesso ha paura di creare un legame significativo. Non voglio che sia come me. Voglio che abbia tutto ciò che io non ho avuto: il college, le feste, amici, relazioni.

Le metto una mano sul braccio. «Potrebbe farti paura, ma a volte vale la pena di correre il rischio con qualcuno. Sai, lasciare che arrivino al tuo cuore.»

Lei mi rivolge un sorriso tenero. «Stai cercando di dirmi che vuoi restare qui con Adrian?»

Lascio cadere la mano, con il cuore che batte due volte più forte. «Stavo parlando di te.»

«Io sto bene. Te l'ho detto, sto lavorando per raggiungere uno scopo. La facoltà di medicina di Harvard è il mio sogno e tu mi hai insegnato a lavorare per far avverare i miei sogni.»

«Non escludendo tutto il resto però, non escludendo la vita.»

«Questa è la mia vita. Non c'è nient'altro che voglia o di cui abbia bisogno adesso. Aspetterò di avere una relazione quando avrò il tempo e l'energia da dedicarle. Okay? Puoi stare tranquilla con me. Adesso tocca a me occuparmi di te. Se provi qualcosa per Adrian, come credo, puoi restare qui a Villroy e vedere come va, hai la mia benedizione. Verrò a trovarti durante le vacanze scolastiche.» Sorride. «Non è questo gran fastidio farti visita in un palazzo su una bella isola. È ora che *tu* lasci che qualcuno arrivi al *tuo* cuore.»

La fisso, senza riuscire a parlare per via del groppo che ho in gola. Lei vuole per me tutto ciò che io volevo per lei. E forse è ora che me lo conceda.

Mi stringe il braccio, rassicurante. «Voglio che tu sia felice.»

Uffa! Mi asciugo gli occhi, ridendo nello stesso tempo, sentendomi più leggera. «Sei sicura? Sei veramente d'accordo?»

«Sono più che sicura. La mia vita mi piace esattamente così com'è.»

Tiro su col naso. «Adrian mi ha offerto un lavoro qui.»

«Allora accettalo.»

L'abbraccio e dai miei occhi scendono altre lacrime. Quando mi tiro indietro lei ha ancora gli occhi asciutti. Quindi è veramente d'accordo. «Ti voglio bene, Chloe.»

Lei sorride, con il volto che si illumina. «Ti voglio bene anch'io.»

Torniamo in soggiorno.

«Arrivederci, Michael» gli dico. «Grazie per averci lasciato vedere il cottage.»

«Nessun problema» dice lui, con un accenno di divertimento nella voce. Ah sì, ha funzionato proprio bene anche per lui. La-la-la, non voglio pensarci.

Chloe mi accompagna alla porta.

Do un'occhiata a Michael, che aspetta dietro di lei per riprendere la loro serata amorosa, e poi a Chloe, con la mia faccia da poker al suo posto. «Allora, ci vediamo stasera? O domani per il volo verso casa?»

Lei sorride. «Probabilmente domani.» Si china verso di me e sussurra. «Lui è molto migliore del primo Michael. Mi farò riaccompagnare a palazzo da lui quando andrà a lavorare domani mattina.»

Mi appiccico un sorriso sul volto. «Bene. Ci vediamo domani.»

Torno all'auto che mi sta aspettando. C'è una sola persona con cui voglio stare in questo momento. Sono pronta per quello che sta offrendo, pronta a correre il rischio. Scommetto su di noi.

13

———

Sara

Quando mando il messaggio ad Adrian, chiedendogli di incontrarci, mi risponde di trovarci nel ristorante del casinò per la cena. Lui è già a un tavolo per due quando arrivo e mi saluta agitando la mano e sorridendo.

Sento un'ondata di affetto. Il mio principe, il mio eroe, il mio *amore*. Sì, lo amo. Forse l'ho sempre amato.

Ho il cuore che batte forte e mi sento leggera mentre attraverso la stanza. Sto per esporre il mio io più vulnerabile, sto per fare un enorme atto di fede impegnandomi a vivere qui con lui. È la cosa più paurosa che abbia mai fatto in vita mia, ma sono pronta. Sarebbe possibile solo con Adrian. Il nostro legame ha superato i chilometri e gli anni ed è rimasto forte. Era destino che stessimo insieme.

Lui si alza per darmi un bacio prima di estrarre la sedia per me. Mi godo il suo trattamento speciale. Il mio Adrian è un principe non solo nella realtà, ma anche nelle azioni. Sono stata così fortunata a conoscerlo quando eravamo bambini. In un certo senso posso ringraziare i miei genitori per questo legame. Lui è parte di me come io sono parte di lui.

Mi sorride dall'altra parte del tavolo, gli occhi pieni di calore che fissano i miei. «Mi sembri molto più felice di prima.»

«È così. Mi sentivo così male che ho pensato, diavolo, tanto vale che faccia un tuffo nel passato, e alla fine è risultato che non era pauroso come pensavo. Più che altro ho ricordato quand'ero con te e Silvia sulla spiaggia e i miei ricordi del cottage sono cambiati per sempre dopo aver trovato proprio lì Chloe nuda con uno sconosciuto.» Alzo una mano prima che diventi iperprotettivo. «Nessun problema. Era completamente consensuale.»

Adrian scoppia a ridere. «Adesso lì vive Michael, il capitano delle guardie. Ottima persona, lo conosco bene. Allora, lui e Chloe?»

«Sì. E *non* voglio parlarne.»

«Capito.»

«Sapevi che il cottage adesso era della tua famiglia?»

«Sì. Silvia e io eravamo addolorati per la perdita della tua famiglia. Abbiamo chiesto ai nostri genitori di comprare il cottage tornando dal funerale, in modo che tu e Chloe poteste venirci a trovare, anche se non avevate i soldi per affittarlo per l'estate. I miei genitori hanno fatto un'offerta alla coppia che viveva lì e loro sono stati felici di accettarla per trasferirsi più vicino alla figlia.» Si china sopra il tavolo e mi prende la mano. «Silvia mi ha detto di averti chiesto più volte di venire, dicendoti che era gratuito.»

Resto a bocca aperta. «Non sapevo che intendesse dire quello. Pensavo che si stesse offrendo di pagare per noi ed era per quello che era gratuito.»

Adrian mi dà una stretta alla mano. «Ci siete mancate.»

Ho gli occhi pieni di lacrime. Non sono stata così vicina a piangere tante volte da anni. Villroy, no, *Adrian* ha aperto qualcosa in me che pensavo fosse chiuso per sempre: il mio cuore. È tutto nuovo e pauroso, ma ne vale la pena. Tanto. Posso finalmente lasciare via libera all'amore.

«Allora non era pronta» riesco a dire nonostante la gola stretta. «Ma voglio ringraziare te e la tua meravigliosa famiglia.»

«Beh, come puoi vedere abbiamo assegnato il cottage a Michael quando è sembrato che non sareste tornate. Puoi sempre stare con me quando sei qui.»

Sorrido. «Mi piacerebbe.» Faccio un respiro profondo, sul punto di dichiarare che sono pronta a restare, ma le parole mi restano ficcate in gola. Sono una massa di emozioni in questo momento ed è difficile esprimerle.

Arriva la cameriera a prendere il nostro ordine e il momento passa.

Durante la cena, Adrian è loquace come sempre, mi racconta tutti i retroscena del casinò. Ho l'impressione che mi stia mettendo al corrente di tutto sperando che accetti la sua offerta di lavoro. Vuole veramente quello che potrei offrire al suo casinò. Mi fa piacere che apprezzi il mio potenziale contributo a una cosa che ovviamente significa moltissimo per lui.

Quando la cena finisce, sono pronta a fare la mia mossa. «Torniamo nel tuo ufficio.»

Lui inarca le sopracciglia, scherzoso. «Affari o piacere?»

«Affari» gli rispondo ridendo.

Facciamo il breve tragitto fino al suo ufficio e mi siedo davanti alla sua scrivania. «Okay, rendiamolo ufficiale. Io firmerò un contratto per diventare il tuo direttore di sala nonché braccio destro.»

«Perfetto» dice lui bruscamente, sedendosi dietro la scrivania. «Stampiamo i documenti e potremo cominciare.»

È tutto? Pensavo che sarebbe stato più contento che voglia vivere e lavorare a Villroy. Con lui. Non ha capito il dettaglio che starò qui non solo per lavorare nel casinò ma anche per stare con lui?

A quanto pare sì. È appena uscito dall'ufficio per andare alla stampante nell'ufficio della sua assistente.

Penso di aver sbagliato qualcosa. Devo realmente aprirmi, ammettere che sono così innamorata di lui da volermi impegnare in una relazione a lungo termine, anche se mi spaventa a morte il pensiero che possa lasciarmi. O più probabilmente sarò io a lasciare lui dato che siamo sulla sua isola. Dovrei semplicemente dirlo? *Ti amo*, o forse, *Adrian, avevamo un patto*. Ho il ginocchio che scatta su e giù. Troppo sfrontata? Penserà che gli stia chiedendo di sposarmi? Per la seconda volta? Uffa!

Sto per battere la testa sulla scrivania, completamente

disperata. Non so niente di relazioni e di tutte le relative parole piene di emozioni, quando Adrian torna.

Mi consegna i documenti, dicendomi di leggerli, firmarli quando sono pronta e ricordandomi di portare i miei documenti ufficiali di identità per il loro archivio. Tutto molto professionale.

Sto trasferendomi a migliaia di chilometri per stare con un uomo che ho finalmente deciso di lasciar avvicinare al mio cuore e lui si sta comportando come il signor Capo Professionale.

Alzo gli occhi dai documenti. È tornato dietro la scrivania e fissa il computer. «Sarà imbarazzante averti come capo? La gente saprà che vado a letto con il capo.»

Un angolo della sua bocca si alza in un sorrisino. «Tu e io saremo allo stesso livello, professionalmente parlando, co-direttori, quindi tecnicamente non sarò il tuo capo. E sono più che capace di restare professionale durante le ore di lavoro.»

Sono irritata ma accetto la sfida. «Anch'io.»

«Perfetto.»

«Perfetto.»

«Quando avrai firmato i documenti, ci metteremo immediatamente al lavoro.»

Ed è quello che facciamo.

Sono così confusa. Pensavo di significare qualcosa di più per lui, non solo lavoro. Ho il cuore esposto e vulnerabile ed è troppo tardi per ritirarlo di nuovo. Sta cercando di andare da lui.

Quando torniamo in auto a palazzo, ho dato l'addio alla mia sciocca fantasia romantica che Adrian sia sopraffatto dalla gioia. Aveva bisogno di me come co-direttore, mi vuole nel suo letto, e io ho sopravvalutato la situazione. *È ora di abbassare le aspettative.*

Quando arriviamo nella sua suite, Adrian si volta a guardarmi. «Siediti. Ho qualcosa da mostrarti.» Indica una comoda poltrona reclinabile di pelle nel soggiorno.

«Bene. Mi piace questa poltrona.» Mi siedo e abbasso lo schienale finché diventa praticamente un letto.

«Te ne prenderò una uguale» dice, togliendo dalla parete una stampa di Escher.

Torno immediatamente a sedermi diritta. «Bel posto per nascondere una cassaforte.»

«Shh, non dirlo a nessuno» mi dice mentre digita la combinazione.

«È lì che tieni la tua scorta di contanti?» chiedo.

«Ci sono tutte le mie cose più importanti.» Mette in tasca qualcosa e nasconde qualcos'altro nel palmo.

Sono seduta sul bordo della poltrona. Che segreto sta per rivelarmi?

Lui si avvicina alla poltrona e mi mostra due carte, con un gesto plateale della mano. Lascio andare di colpo il fiato. È la coppia di cinque del set di carte con il drago: cuori e quadri.

«Le hai veramente tenute» sussurro.

I suoi occhi mi fissano schietti. «Avevamo un patto.»

«Hai sempre pensato che ci saremmo riuniti a venticinque anni?»

«Lo speravo.»

Faccio un salto e gli butto le braccia intorno al collo, abbracciandolo forte. «Anch'io. L'ho sempre sperato segretamente, ma ero troppo codarda per ammetterlo.»

Adrian mi alza il mento. «Non sei mai stata una codarda.»

Mi bruciano gli occhi. «Sì, invece. Ho evitato te e Silvia e Villroy, temendo che sarebbe stato troppo difficile affrontare i ricordi. Se non ti fossi presentato alla mia porta…»

«Era inevitabile. Sono il tuo eroe. L'eroe arriva sempre quando serve.»

«Ma io non ti ho chiamato.»

«Quando avessimo avuto entrambi venticinque anni, è quello che avevamo detto, e abbiamo ancora venticinque anni.» Mi consegna le carte. «Queste sono tue.»

Le stringo forte, fissandole. «Le mie sono ancora nella cassetta a casa.» Alzo gli occhi su di lui. «Le ho tenute nella cassetta antincendio, chiuse al sicuro, come il mio cuore, eppure tu sei riuscito a farti strada. Solo tu potevi riuscirci.»

Adrian mi sorride. «E la tenevi anche dentro il forno.»

Ridiamo insieme.

«Vorrei avere le mie carte qui con me per metterle insieme.» Appoggio la sua coppia sul tavolino.

«Tranquilla. Le prenderemo quando andremo a ritirare la tua roba.»

«Quindi stiamo veramente per farlo? Vivere e lavorare insieme?»

Adrian mi bacia. «Tra le altre cose, spero. Ricordi cos'altro avevamo detto il giorno del patto?»

Annuisco. «Coppie simili, cuori e quadri, due e cinque proprio come in un matrimonio. Due cuori, due quadri, o diamanti. E tu avevi detto che i maschi non portano i diamanti.»

Adrian si mette su un ginocchio. «Giusto, tesoro. Avevo detto che ti avrei dato due diamanti.» Mi offre un anello di fidanzamento con due grandi diamanti rotondi messi in diagonale, circondati da diamanti più piccoli, su una fascia di platino.

«Ho paura di cominciare a iperventilare.»

Adrian sorride. «Non è possibile, visto che stai ancora parlando.»

«Quando l'hai preso?»

«Quando ero a New York. Sapevo che era inevitabile e sapevo esattamente ciò che volevo per te.»

Sento le ginocchia molli e mi siedo adagio.

«Sara Travers, vuoi onorare il patto che abbiamo fatto tanto tempo fa e diventare mia moglie?»

«Sì!» Le lacrime mi scendono sulle guance, lacrime di felicità, quando mi infila l'anello al dito.

Lui si alza e mi prende tra le braccia. «Ti amo. Ti ho sempre amato e sempre di amerò.»

«Ti amo anch'io. Rimpiango di non essermi messa in contatto prima. Abbiamo sprecato un mucchio di tempo.»

«Nessun rimpianto. È successo esattamente quando doveva succedere. Tu dovevi finire di crescere Chloe, e ora lei è indipendente e se la cava alla grande.»

«Hai ragione. Chloe aveva bisogno di me, ma sarei dovuta

restare in contatto.» Lo stringo forte.

Adrian mi accarezza i capelli. «Basta guardare indietro. Adesso stiamo insieme.» Mi solleva la mano, mettendo in mostra l'anello. «Per sempre.»

Lo bacio. «Sì! E felicemente. Spero che non ti dispiacerà se Chloe starà qui durante le vacanze.»

Lui mi tiene il volto tra le mani, accarezzando i punti sensibili sotto le orecchie con i pollici. «Certo che non mi dispiace. Fa parte della famiglia. Mi aspettavo che restasse con noi. Potrà venire tutte le volte che vorrà. Coprirò io la retta. Non voglio che ti debba preoccupare per quello.»

Sono così commossa dal fatto che voglia includere mia sorella che per un momento non riesco a parlare. Poi riesco a dire con la voce roca: «Ti ringrazio per la comprensione, ma non dovrai preoccuparti per la sua retta. Lei è una mia responsabilità.»

«Fa parte della famiglia» ripete. «Io mi prendo cura della mia famiglia e ti farò socia del casinò insieme a me. Saremo tu, io, Emma e Jackson. Ciascuno avrà il diritto di dire la sua sulla gestione del casinò e ciascuno riceverà una parte dei profitti.»

Resto a bocca aperta. «Hai comprato una quota delle loro azioni per includere me?» Dev'essere costato un mucchio di soldi.

«Lo avrei fatto, ma hanno detto che non era necessario. Capiscono quanto lavoro c'è dietro e ho detto loro quanto hai da offrire. Sono contenti di restare sullo sfondo e di esibirsi occasionalmente, ma restando soci taciti.»

«È troppo» dico sbattendo gli occhi.

La sua voce è miele caldo e mi sciolgo, con le ginocchia che cedono. «È il mio regalo di nozze per te, tesoro.»

Non riesco a crederlo. Io, socia di un casinò? Va oltre i miei sogni più sfrenati. Ovvio, perché si tratta di Adrian Rourke, l'uomo che supera tutti i miei sogni più sfrenati.

«Accetti?» mi chiede.

«Sì! Ovvio che accetto! Grazie!» Lo abbraccio stretto e poi mi tiro indietro per guardarlo. «Pagherò la retta di Chloe con gli utili del casinò. Va oltre... Oh, Adrian.» Mi si spezza la voce. «Voglio farti anch'io un dono di nozze eccezionale. Dovrò pensare a qualcosa di veramente grande.»

«Lo hai già fatto accettando di sposarmi e di vivere qui con me. È tutto ciò che ho sempre voluto.»

«Dev'esserci qualcosa. Che cosa desideri, nei tuoi sogni più arditi?»

Lui mi accarezza i capelli, con gli occhi fissi nei miei. «Carte in tavola?»

«Assolutamente.»

«Voglio una famiglia con te, quando sarai pronta.»

Annuisco, guardandolo con gli occhi annebbiati dalle lacrime. «È quello che voglio anch'io, ma è un dono per entrambi. Cos'altro desideri?»

Mi sorride, malizioso e sexy e inclina la testa verso la camera da letto. «Ho qualche idea.»

«Qualunque cosa.»

Lui mi parla nell'orecchio con quel tono basso che mi fa rabbrividire: «Non solo sei un sogno che si realizza, ma stai per far avverare tutte le mie fantasie.»

EPILOGO

Tre mesi dopo...

Adrian

È ufficiale, Sara e io siamo sposati. Stiamo andando verso il salone da ballo per il ricevimento di nozze, dopo un milione di fotografie fatte subito dopo la cerimonia. Sono passati pochi giorni da Natale. Non volevamo aspettare troppo per sposarci dopo aver aspettato tanti anni per stare di nuovo insieme. Volevamo anche che fosse un periodo in cui sapevamo che in tanti della nostra famiglia avrebbero avuto la possibilità di tornare a Villroy per le feste.

Sara è stata un enorme aiuto per me al casinò fin dall'inizio, proprio come mi aspettavo. Dopo un paio di mesi abbiamo assunto una persona per aprire al mattino ed effettuare i controlli di routine prima di lavorare insieme nel turno serale, io per la maggior parte del tempo nel mio ufficio e Sara in sala, e funziona alla grande, anche se a volte ci scambiamo i compiti. Siamo entrambi animali notturni. Lei è più brava con la gente, io con i numeri e la strategia. È stata probabilmente la decisione più facile e la migliore che abbia mai preso. A parte sposarla, cioè.

Mentre ci avviciniamo al salone, mi aspetto di sentire un

coro di urrah e di applausi, come nella cappella dopo aver detto i nostri "lo voglio", seguiti poi dalle congratulazioni e auguri. Ho bisogno di lei solo per me ancora per un momento. La tiro oltre un angolo, in un corridoio tranquillo.

«Dove stiamo andando?» mi chiede.

«Qui» le dico prima di abbracciarla e baciarla.

Lei mi mette le braccia intorno al collo e mi bacia appassionatamente. Il fuoco comincia a divampare tra di noi e di colpo voglio di più. La inchiodo contro la parete, premendo il mio corpo contro il suo. Sssìì! Traccio una scia di baci lungo la mandibola, fino all'orecchio, dove ringhio, nel modo che so che la eccita: «Di sopra.»

Lei mi guarda negli occhi. «Ho un regalo di nozze per te.»

«Hai già incorniciato le carte del nostro patto e lo hai onorato. È il miglior regalo che potessi farmi.» Quelle carte incorniciate proprio sopra il nostro letto sono un promemoria costante che il nostro amore era destino. L'Adrian e la Sara di tanti anni fa lo sapevano.

La bacio di nuovo, chiedendo di più. Lei si scioglie contro di me nel modo che adoro.

Parecchi momenti dopo, lei stacca la bocca dalla mia, respirando forte. «Ade, ascolta. Voglio dartelo prima di entrare, okay?»

«E io voglio te. Sei così sexy con quel vestito. È stata una tortura non toccarti.» Il suo abito da sposa è senza maniche, spalle nude, scollatura tentatrice.

«Ricordi quella volta che ci siamo lasciati trasportare al lavoro?»

Stacco a fatica lo sguardo dal suo seno. «Mi piace quando ci lasciamo trasportare.»

«Adrian, mio marito, il mio eroe, ora puoi ufficialmente aggiungere un altro titolo a quell'elenco.»

«Signor Prepotente, lo so.»

Lei si mette a ridere. «E principe, squalo e alfa. Hai un mucchio di titoli. Spero che questo ti piacerà più di tutti... padre.»

«Padre» ripeto.

«Sì, sono incinta. Diventerai papà. Ti piace come regalo di nozze?»

La fisso sotto shock. «Sei incinta.» Abbiamo sempre usato i preservativi, eccetto quella volta. «È per quella volta che ti ho piegato sulla mia scrivania?»

«Shh! Sì. Ricordi che ci siamo lasciati trasportare?»

Finalmente i pezzi del puzzle vanno a posto. Avrò una famiglia con Sara, mia moglie, l'amore della mia vita. La afferro e l'abbraccio facendola roteare in aria.

Sara ride forte. «Mi sembra di capire che il mio regalo di nozze ti piace.»

«Lo adoro!» mi chino e le bacio la pancia. «E adoro te, piccolino.»

Sara mi mette una mano sulla guancia. «Tutto è talmente perfetto adesso che vorrei congelare il tempo.»

«Anch'io.» La bacio di nuovo teneramente. «Sono così felice.»

Ci sorridiamo per un lungo momento, condividendo la felicità perfetta di cominciare insieme questo meraviglioso viaggio verso un matrimonio e una famiglia. Mi rendo conto di colpo che il palazzo è insolitamente silenzioso.

Piego la testa ascoltando attentamente. Che strano. Non siamo lontani dal salone da ballo, quindi perché non sento la nostra famiglia e i nostri amici? «Probabilmente dovremmo andare al ricevimento. Scommetto che ci stanno aspettando per cominciare.»

«Okay, ma teniamo per noi la notizia del bambino. È ancora presto. L'ho scoperto solo qualche giorno fa.»

«Sarà così difficile mantenere il segreto.»

«Puoi dirlo a una persona, solo una.»

«Lo dici solo perché così puoi dirlo a Chloe.»

«Esatto, e non scegliere un chiacchierone a cui dirlo.»

«Lo dirò a mia madre. Adora essere una nonna e ti tratterà come un oggetto prezioso per tutto il tempo.»

«Affare fatto» dice lei.

Apro la porta del salone e le indico di precedermi. C'è ancora un silenzio mortale. Entro e trovo qualcosa che non mi sarei mai aspettato di vedere…

I miei cugini di Brooklyn, tutti e sei, in piedi da un lato del salone che fissano la mia famiglia dall'altro lato. Sei uomini dai venti ai trent'anni o giù di lì, e, devo dirlo, visti in smoking neri come i miei fratelli, la somiglianza di famiglia è forte. Alti, spalle larghe, capelli castano scuro, zigomi alti e mandibole squadrate. Sembra che i miei zii non siano qui. Immagino che tocchi alla nuova generazione fare pace.

«Oh mio Dio, si sono veramente fatti vivi» sussurra Sara.

Li avevamo invitati, dopo aver avuto il permesso dalla nostra famiglia, ma non avevano confermato l'invito. Non li avevo notati durante la cerimonia. Silvia mi guarda sorridendo. Sono sicuro che abbia avuto a che fare con questa riunione.

Il maggiordomo annuncia: «Il principe Adrian Rourke e la principessa Sara Rourke.»

L'incantesimo si spezza e tutti applaudono.

Sara ride. «Avevo dimenticato che sarei diventata una principessa. Baciami, così saprò che non sto sognando.»

La bacio mordicchiandole il labbro inferiore. Lei si appoggia a me. «Non stai sognando.»

Sara mi prende per mano e raggiungiamo la nostra famiglia, adesso ancora più vasta con i miei cugini Rourke e il bambino in arrivo.

Ho scommesso su di noi e ho vinto il jackpot.

ALTRI LIBRI DI KYLIE GILMORE

I Rourke - Versione italiana

Royal Catch - Gabriel (Vol. 1)

Royal Hottie - Phillip (Vol. 2)

Royal Darling - Emma (Vol. 3)

Royal Charmer - Lucas (Vol. 4)

Royal Player - Oscar (Vol. 5)

Royal Shark - Adrian (Vol. 6)

L'AUTRICE

Kylie Gilmore è l'autrice Bestseller di USA Today delle serie: I Rourke; The happy endings Book Club; The Clover Park e The Clover Park STUDS. Scrive romanzi rosa umoristici che vi faranno ridere, piangere e allungare le mani per prendere un bel bicchiere d'acqua.

Kylie vive a New York con la sua famiglia, due gatti e un cane picchiatello. Quando non sta scrivendo, tenendo a bada i figli o prendendo debitamente appunti alle conferenze per gli scrittori, potete trovarla a flettere i muscoli per arrivare fino all'armadietto in alto, dove c'è la sua scorta segreta di cioccolato.

Iscrivetevi alla newsletter di Kylie per avere notizie sulle nuove uscite e sulle vendite speciali: kyliegilmore.com/IT-newsletter. Controllate il sito web di Kylie per trovare altra roba divertente: kyliegilmore.com.